Collection QA **compact**

De la même auteure

Adulte

Une jeune femme en guerre, Tome 4, automne 1945 – été 1949,
    Québec Amérique, 2010.

Une jeune femme en guerre, Tome 3, Jacques ou Les Échos d'une voix,
    Québec Amérique, 2009.

Une jeune femme en guerre, Tome 2, printemps 1944 – été 1945,
    Québec Amérique, 2008.

Une jeune femme en guerre, Tome 1, été 1943 – printemps 1944,
    Québec Amérique, 2007.
    • **Finaliste au grand Prix littéraire Archambault**

La cruzada de Compostela, Styria de Editiones et Publicaciones S.L.,
    Sofía Tros por la Traduccíon, 2006.

Les Jardins d'Auralie, Québec Amérique, 2005.

Mary l'Irlandaise, Québec Amérique, 2001, coll. QA compact, 2004.

Au Nom de Compostelle, Québec Amérique, 2003.
    • **Prix Saint-Pacôme du roman policier**

Azalaïs ou la Vie courtoise, Québec Amérique, 1995, coll. QA compact, 2002.

Les Bourgeois de Minerve, Québec Amérique, 1999.

Guilhèm ou les Enfances d'un chevalier, Québec Amérique, 1997.

Jeunesse

Un Avion dans la nuit, Hurtubise HMH, 2010.

Les Combats de Jordan, Hurtubise HMH, 2009.

Le Chevalier Jordan, Hurtubise HMH, 2006.

La Funambule, Hurtubise HMH, 2006.

Le Triomphe de Jordan, Hurtubise HMH, 2005.

L'Insolite Coureur des bois, Hurtubise HMH, 2003.

La Chèvre de bois, Hurtubise HMH, 2002.

Jordan et la Forteresse assiégée, Hurtubise HMH, 2001.

Prisonniers dans l'espace, Québec Amérique Jeunesse, 2000.

La Revanche de Jordan, Hurtubise HMH, 2000.

Jordan apprenti chevalier, Hurtubise HMH, 1999.

Une terrifiante Halloween, Québec Amérique Jeunesse, 1997.

Au nom de Compostelle

Catalogage avant publication de Bibliothèque et Archives
nationales du Québec et Bibliothèque et Archives Canada

Rouy, Maryse
Au nom de Compostelle
(Collection QA compact)
Publ. à l'origine dans la coll. : Tous continents. c2003.
ISBN 978-2-7644-1684-6
1. Moyen Âge - Romans, nouvelles, etc. I. Titre.
PS8585.O892A89 2011   C843'.54   C2011-941813-4
PS9585.O892A89 2011

Conseil des Arts   Canada Council   SODEC
du Canada   for the Arts   Québec

Nous reconnaissons l'aide financière du gouvernement du
Canada par l'entremise du Fonds du livre du Canada pour nos
activités d'édition.

Gouvernement du Québec – Programme de crédit d'impôt pour
l'édition de livres – Gestion SODEC.

Les Éditions Québec Amérique bénéficient du programme de
subvention globale du Conseil des Arts du Canada. Elles tiennent
également à remercier la SODEC pour son appui financier.

Québec Amérique
329, rue de la Commune Ouest, 3e étage
Montréal (Québec) Canada H2Y 2E1
Téléphone : 514 499-3000, télécopieur : 514 499-3010

Dépôt légal : 3e trimestre 2011
Bibliothèque nationale du Québec
Bibliothèque nationale du Canada

Mise en pages : André Vallée et Andréa Joseph [PAGE EXPRESS]
Révision linguistique : Diane Martin et Monique Thouin
Conception graphique originale : Isabelle Lépine
Adaptation de la grille graphique : Nathalie Caron
Image en couverture : Un Jacquaire, fresque de la chapelle du
Saint-Sulpice, Villeneuve-d'Aveyron

2011 Éditions Québec Amérique inc.
www.quebec-amerique.com

Imprimé au Canada

Maryse Rouy

Au nom de Compostelle

Québec Amérique

NOTICE HISTORIQUE

Une religion : le catharisme

Le catharisme apparaît dans le sud de la France au cours de la première moitié du XIIe siècle et s'efface progressivement à partir de 1270. Les termes «catharisme» et «albigéisme» – selon les époques, on emploie l'un ou l'autre – sont inventés par l'Église catholique, qui s'oppose à ce qu'elle considère comme une hérésie. Ses adeptes, eux, l'appellent la «vraie religion» et se désignent par les vocables «bons chrétiens» ou «bons croyants». Leurs ministres sont les «parfaits» ou les «bonshommes» – au féminin, «parfaites» ou «bonnes dames».

Le catharisme s'inscrit dans le grand mouvement évangélique du XIIe siècle. Il s'appuie exclusivement sur des textes bibliques. L'ouvrage de référence des cathares est l'Évangile de Jean. Le catharisme nie l'Incarnation de Dieu. Jésus est considéré comme un prophète qui a enseigné les préceptes de bonne vie et qui a donné aux hommes le sacrement du baptême (le *consolament*). Il guide les âmes vers la lumière et le Bien.

Un cycle de réincarnations permettra à chacun d'être sauvé à la fin des temps. C'est une vision optimiste de la fin du monde qui ne comporte ni jugement ni Enfer, car l'au-delà n'est que perfection. Le catharisme dérive rapidement vers le dualisme : le Mal est inhérent à chaque être, c'est un principe opposé à Dieu, qui est le Bien absolu. Les parfaits prônent la haine du corps et la pratique d'une ascèse qui permettra d'atteindre la pureté du monde évangélique.

Les régions dans lesquelles le catharisme s'implante sont l'Agenais toulousain, le sud du Quercy, l'Albigeois, le Lauragais, le Razès et le pays de Foix. Contrairement à ce qu'on a longtemps cru, il ne s'inscrit pas dans une contre-Église étendue des Balkans aux Pyrénées; au contraire, c'est un mouvement géographiquement limité. Il doit son expansion à la vie exemplaire de son clergé qui respecte une chasteté et un végétarisme stricts, à la pratique d'une liturgie simple, célébrée en petits groupes, à la prédication en langue occitane qui rapproche les prêtres de leurs fidèles ainsi qu'aux attraits d'un sacrement *in extremis* qui libère de toute faute. Paradoxalement, alors que ses préceptes s'opposent radicalement aux fondements du système féodal en interdisant de jurer, de juger et de tuer, les adeptes du catharisme appartiennent surtout à la petite aristocratie et aux élites urbaines.

Sa répression : la croisade des Albigeois et l'Inquisition

L'Église ne voit pas d'un bon œil le succès que le catharisme obtient dans la population. La papauté, déterminée à lutter contre l'influence croissante de l'hérésie, essaie dans un premier temps la méthode douce : la prédication.

Cela entraîne la création des frères prêcheurs et de l'Université de Toulouse. Les cisterciens, puis Dominique de Gusmán (le futur saint Dominique) ayant échoué à supplanter l'hérésie, le pape déclenche une croisade, la première en pays chrétien. Malgré l'apparente soumission de Raimond VI de Toulouse, en 1209, les croisés, menés par Simon de Montfort, déferlent sur le Midi. Ils s'emparent de la vicomté de Carcassonne, possession du vicomte Trencavel, et luttent contre le comte de Toulouse, qu'ils écrasent à la bataille de Muret (1213), où l'allié du comte, Pierre II d'Aragon, est tué au combat. La conquête est entérinée par le concile du Latran. Une deuxième expédition en 1217-1219 voit la prise de Beaucaire, puis le siège de Toulouse où meurt Simon de Montfort. La rébellion de Raimond VII contre le roi de France conduit à une troisième croisade (1226) puis au développement de l'Inquisition pontificale. Confiée aux dominicains en 1232, la mission première de l'Inquisition est de refouler l'hérésie et de convertir les hérétiques. Mais, très vite, elle s'occupe de débusquer et de punir les fautifs. Pour obtenir des aveux, les inquisiteurs ont recours à la torture (la question). Les accusés n'ont pas droit à l'assistance d'un avocat. Déclarés coupables, ils sont livrés au bras séculier, qui se charge des exécutions.

Malgré le traité de Meaux-Paris de 1229, la guerre reprend en Languedoc en 1242. De Montségur, l'une des principales forteresses tenues par les féodaux révoltés et les cathares, part un groupe d'hommes qui va assassiner des inquisiteurs à Avignonnet. Dès lors, la lutte contre les rebelles sera sans merci. Elle aboutira à la prise de Montségur en mars 1244 après un siège de onze mois. Les quelque deux cents cathares ayant refusé d'abjurer périssent sur le bûcher. À la mort de Raimond VII, ses possessions vont à sa fille unique, Jeanne, épouse du frère du roi de France, et lorsque le couple meurt sans enfant, en 1271, le comté est annexé au domaine royal.

Pèlerinages et pèlerins

Le pèlerinage est un des aspects majeurs de l'expression de la foi médiévale. La décision d'effectuer un pèlerinage peut être motivée par la piété, la recherche d'un miracle de guérison ou le désir de faire pénitence. Parfois, des tribunaux ecclésiastiques imposent des pèlerinages pénitentiels. Cela se produit souvent dans les cas d'abjuration d'une hérésie. Le départ en pèlerinage est précédé d'un vœu : c'est un acte solennel entouré d'un rituel qui inclut la bénédiction du bourdon (bâton) et de la besace. Pendant la durée de son voyage, les biens du pèlerin sont protégés par le droit canonique et la législation civile. Le pèlerin voyage à pied ou sur une mule. Il s'arrête en chemin dans les sanctuaires qui jalonnent la route et ne dédaigne pas de visiter les sites intéressants. Il peut compter sur l'accueil des « hôpitaux » des monastères situés sur les itinéraires les plus fréquentés. Les destinations de pèlerinage les plus fameuses au Moyen Âge sont Jérusalem, Rome et Saint-Jacques-de-Compostelle. À cause des dangers de la route, les pèlerins voyagent toujours en groupe. Ils forment des caravanes auxquelles s'agrègent toutes sortes de gens qui veulent profiter des avantages dont bénéficient les pèlerins. C'est ainsi que l'on peut y trouver des marchands, des troubadours, des prostituées, des hérétiques, des mendiants, etc.

AVERTISSEMENT

À l'exception des personnages historiques nommés ci-après, aucun des protagonistes de ce roman n'a existé. Quant au contexte (historique, social, économique et religieux) dans lequel ils évoluent, il a été reconstitué au mieux des connaissances actuelles.

Principaux chemins de pélerinage en France et en Espagne d'après *Le Guide de Saint-Jacques de Compostelle* d'Aimery Picaud (XIIᵉ siècle)

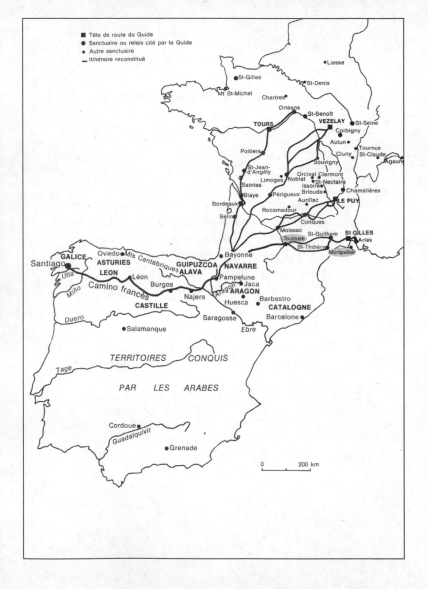

Languedoc et pays voisins en 1229

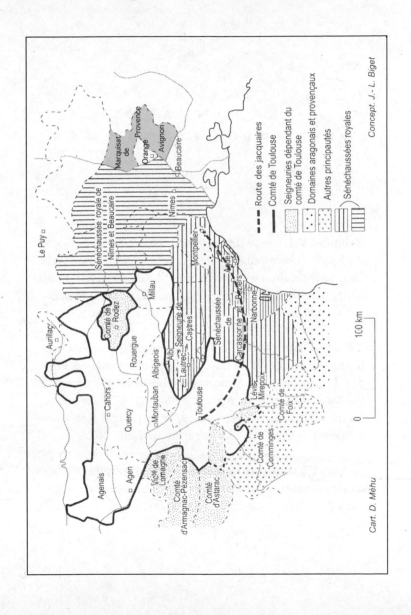

Concept. J.-L. Biget

Cart. D. Méhu

Le Puy □

Aurillac □

Comté de Rodez

Millau □

Rouergue

Albigeois

Alb □
Lautrec

Seigneurie de Castres

Cahors □

Quercy

Montauban □

Agenais

Agen □

Victé de Lomagne

Comté d'Armagnac-Pézensac

Comté d'Astarac

Toulouse □

Sénéchaussée de Carcassonne et Béziers

Lévis-Mirepoix

Comté de Foix

Comté de Comminges

Sénéchaussée de Béziers

Narbonne □

Agde □

Montpellier □

Sénéchaussée royale de Nîmes et Beaucaire

Nîmes □

Beaucaire □

Marquisat de Provence

Orange

Avignon

Route des jacquaires
Comté de Toulouse
Seigneuries dépendant du comté de Toulouse
Domaines aragonais et provençaux
Autres principautés
Sénéchaussées royales

0   100 km

PERSONNAGES
HISTORIQUES NOMMÉS

Raimond VII, comte de Toulouse : vaincu par la croisade du roi de France Louis VIII, il cède à la couronne le bas Languedoc et donne en mariage sa fille et héritière Jeanne à Alphonse de Poitiers, frère de Louis IX (traité de Meaux-Paris, 1229).

Raimond Trencavel : fils de Raymond Roger, vicomte d'Albi, de Béziers et de Carcassonne (dépossédé en 1209 par la croisade de Simon de Montfort). Il reprend Carcassonne en 1224, mais il est vaincu par l'armée de Louis VIII. Banni de ses terres, il se réfugie à la cour d'Aragon. Il tente une ultime reconquête en 1240.

Jacques Ier, comte de Barcelone et roi d'Aragon : il possède, entre autres, Montpellier, qui est une enclave aragonaise dans les sénéchaussées royales françaises.

PERSONNAGES PRINCIPAUX

Artigues : pèlerin de métier
Belcaire Maria : paralytique
Belcaire Simon : son petit-fils
Cadéac Jourdain : marchand
Capestan : sergent d'armes
Fays : prostituée
Feuillant Martin : aveugle
Feuillant André : son neveu
Frère Augustin : dominicain
Frère Justin : cistercien
Frère Louis : dominicain
Gabas Alexandre : banquier
Lézat Étienne : messager de Trencavel, cathare
Mallet Dulcie : cathare repentie
Mallet Flors : sa fille
Manciet François : maréchal-ferrant

Montreau Antoine : orfèvre

Montreau Fabrissa : sa fille

Salines : mercenaire

Salvetat : berger

Sœur Jeanne : cistercienne

Sœur Josèphe : cistercienne

Ténarès Pons : meunier

Vidian : mercenaire

Vigordan Julien : pseudo-neveu de Lézat, cathare

A patz! a patz!
Salva los pelegrins, san Jacz!

Canso dels pelegrins de san Jacz

CHAPITRE I

Mécontents l'un de l'autre, ils se quittèrent sans un mot. Julien Vigordan n'entendait pas s'en laisser imposer. Il avait quinze ans et revendiquait la liberté de ses allées et venues. Puisqu'il avait promis à Lézat de le rejoindre au monastère de Vignogoul un peu plus tard, cela aurait dû suffire à son compagnon. Un jour, il deviendrait peut-être parfait*, selon le vœu de sa mère, mais en attendant, il avait l'intention de connaître ce à quoi le monde entier semblait vouloir le faire renoncer : l'amour. Non pas l'amour de la vertu, n'en déplaise aux bons apôtres : l'amour d'une femme. Son compagnon de route n'était-il pas lui-même marié et peu pressé de quitter cet état ? Étienne Lézat mettait plus de zèle à s'occuper du salut de son prochain que du sien propre, se dit Julien avec rancune en lui tournant le dos. Pourtant, il était vieux, il avait plus de trente ans, il serait temps qu'il s'en préoccupe.

---

*   Parfait ou bonhomme : ministre du culte cathare.

La volonté de s'affirmer et de choquer son pseudo-parent lui fit franchir la porte de l'Auberge des trois pirates. Il le fit d'un pas qui se voulait ferme, mais ne put s'empêcher de trembler un peu. À l'entrée, une maritorne recevait les chalands avec un sourire de commande. Son vêtement rayé affichait sans vergogne la nature du commerce qu'elle pratiquait. C'était la première fois que Julien pénétrait dans un bordel et, avant d'en ressortir, il regarda par-dessus l'épaule de la femme pour essayer d'en voir le plus possible. Bien lui en prit, car elle le jeta dehors en l'agonissant de sarcasmes dès qu'elle comprit qu'il n'était pas client. La brièveté de son incursion ne lui permit pas d'apercevoir grand-chose, si ce n'est, à une table près de la porte, une belle paire de tétons qui se balançait sous le nez d'un soudard aviné dont le visage lui était familier. Il n'eut guère le temps de s'échauffer au spectacle, car il se retrouva dans la ruelle plus vite qu'il ne l'aurait souhaité. Par chance, elle était déserte, et sa peu glorieuse sortie n'eut pas de témoin. Recouvrant une démarche digne, il s'en alla vers sa destination initiale.

Étienne Lézat s'engagea d'un pas rageur dans la rue des Tisserands, vouant aux gémonies cet imbécile de Julien. Pour qu'ils s'acquittent de la mission délicate dont il les avait chargés, Rivel avait suggéré qu'ils se joignent à des pèlerins, personnages plus naturellement portés vers les sanctuaires que vers les lieux de débauche. Si le guet faisait une incursion dans le bouge où le jeune homme se déniaisait, il y avait de gros risques que leurs compagnons de route l'apprennent. Comment réagiraient-ils? Mal, vraisemblablement. Le chef de la caravane, celui qui s'était imposé par sa prestance, sa richesse et son autorité, Antoine Montreau, orfèvre à Saint-Gilles, risquait de les exclure : il paraissait de mœurs rigides et de courte tolérance.

Pourquoi le lieutenant du vicomte lui avait-il imposé ce stupide béjaune comme *socius*[*]? Il avait prétendu qu'ils pourraient se faire passer pour un oncle et son neveu qui se rendaient à Compostelle afin de demander la guérison du patriarche familial. Mais à voir la façon dont la fille de Rivel avait rougi en saluant Julien lorsqu'ils étaient passés prendre leurs dernières instructions, Lézat avait deviné des motivations plus personnelles. Leur chef avait pour son héritière de plus hautes ambitions qu'une alliance avec le fils d'un *faidit*[**] désargenté, et il préférait éloigner le renard du poulailler le temps de marier la donzelle à quelque seigneur aragonais plus reluisant.

Attablé devant un pichet de claret face à son frère Pierre, le premier des hommes avec qui il devait prendre contact, Étienne se plaignit de Julien avant même de lui apprendre la raison qui l'amenait.

— Imagine qu'il se fasse prendre par le guet et qu'un jacquaire[***] ait vent de la chose! C'est sûr qu'on nous chasserait!

— Ne t'en fais pas, il est encore tôt pour le guet. D'ailleurs, il y retrouvera peut-être des membres de votre groupe qui voudront eux aussi rester discrets. Il y a de tout parmi les pèlerins, tu ne l'ignores pas, ajouta-t-il avec une pointe de mépris.

— Je le sais bien, mais quand même, ce n'est pas la peine de courir au-devant des ennuis!

— Oublie-le pour ce soir. Parle-moi plutôt de Blanche et de toute la famille.

---

[*]   *Socius:* compagnon.
[**]   *Faidit:* seigneur ou bourgeois occitan dépossédé et banni par le pouvoir français à la suite de la croisade contre les Albigeois.
[***] Jacquaire : pèlerin qui se rend à Saint-Jacques-de-Compostelle. On l'appelle aussi jacquet ou jacquot.

Lézat prit le parti de se détendre. Il apprit à son frère, lui-même bon croyant*, qu'ils avaient décidé de devenir parfaits dès que leurs filles seraient assez grandes pour se passer d'eux. Il ne fut pas surpris que Pierre songe à en faire autant, ainsi que Jeanne, son épouse. Celle-ci leva la tête pour confirmer d'un sourire et reporta aussitôt son attention sur le métier à tisser parce que l'ouvrage pressait.

Étienne se sentait bien auprès de ces gens qu'il aimait et qui partageaient ses croyances. Mais ce moment de quiétude n'était qu'une parenthèse : la menace de l'Inquisition et du bûcher pesait sur l'avenir auquel tous trois aspiraient. Pour écarter le péril, il fallait rétablir le vicomte Raimond Trencavel dans ses domaines. Ils mettaient tous leurs espoirs dans le seigneur légitime de Carcassonne, car il s'était toujours montré favorable aux cathares. Redevenu le maître, il empêcherait les dominicains de les persécuter, contrairement aux usurpateurs qui les encourageaient à le faire. Étienne était venu annoncer à son frère la décision du vicomte : enfin prêt à agir, ce dernier avait prévu d'attaquer avant les vendanges. À force d'espoirs déçus, Pierre avait craint que cela n'eût pas lieu de son vivant, et il fut d'autant plus enchanté de l'apprendre. Avant de boire une dernière rasade au succès de la campagne, il nota mentalement les noms des exilés qu'il aurait à avertir.

Julien se glissa par les ruelles de Pignan jusqu'à l'auberge dont l'enseigne «Au pieux jacquaire» avait attiré tous les pèlerins assez fortunés pour éviter la promiscuité de l'hôpital du monastère. Bousculé par les valets qui s'affairaient, il rôda dans la cour encombrée. Il se demandait de quelle manière amener à la fenêtre la belle qui séjournait en ces lieux. En chantant, peut-être? Il avait une assez

---

*   Bon croyant ou bon chrétien : cathare.

belle voix. Elle lui avait valu d'être remarqué par Jordane Rivel, une belle brune un peu timide qui ne lui avait malheureusement accordé qu'une tendre pression de main après des semaines de siège. Fabrissa Montreau lui ressemblait un peu, mais elle avait une vivacité dans l'œil et un air de défi que Jordane n'aurait jamais. Elle lui avait plu tout de suite au rassemblement de Montpellier, lorsqu'elle lui avait rendu son regard avec un aplomb inattendu. Depuis, il y pensait sans cesse. Comment l'attirer dans la cour? Il lui vint en mémoire le couplet d'un troubadour entendu en Aragon, une mélodie langoureuse et des mots brûlants assortis à son état d'esprit. Mais par prudence, il lui préféra un chant de pèlerinage. Le coup de pied au derrière de la maquerelle lui suffisait pour la soirée.

Chargeant sa voix d'une sensualité que les paroles ne comportaient pas, il entonna :

Sem pelegrins de san Jacz
Avem laissatzs nostres parens
Nostras molhers e nostras gens[*].

Il chantait le nez en l'air pour ne pas manquer l'apparition de la jeune fille, ce qui l'empêcha de voir le valet lourdement chargé, qu'il heurta. L'homme, furieux d'avoir perdu la moitié d'un seau d'eau, lui versa le reste sur la tête juste au moment où Fabrissa, qui venait de la rue en compagnie de son père, apparaissait dans la cour. Planté dans une flaque dont il marquait le centre, Julien, qui avait beaucoup perdu de sa superbe, essayait en vain d'arranger la crinière bouclée dont il était si fier d'ordinaire et qui,

---

[*]   Nous sommes les pèlerins de saint Jacques / Nous avons laissé nos parents / Nos épouses et nos gens.

pour lors, pendait lamentablement sur son visage. La mine piteuse du galant provoqua chez Fabrissa Montreau un rire moqueur, puis elle entra dans l'auberge à la suite de son père. Julien n'eut plus qu'à s'en aller.

CHAPITRE II

Lézat, éveillé avant l'aube, constata que son voisin de paillasse dormait encore. La veille au soir, lorsque Étienne était revenu de chez son frère, Julien dormait. Ou bien faisait semblant. Il ne devait pas avoir très envie de connaître l'opinion que son *socius* avait de lui. Lézat eut la tentation de le secouer, mais il ne voulut pas prendre le risque d'alerter leurs compagnons. Il mettrait les choses au point dans la journée.

Le jeune homme devait comprendre qu'il ne fallait pas provoquer le soupçon, sans quoi leur mission serait en péril, voire leur vie. Parmi la vingtaine de personnes appelée à cheminer de conserve, il y en avait quelques-unes dont Étienne Lézat se méfiait d'instinct. Les pires étaient les deux femmes, mère et fille, qui portaient un habit religieux sur lequel étaient cousues deux petites croix à hauteur de la poitrine. Ces croix désignaient Dulcie et Flors Mallet comme des cathares repenties qui faisaient un pèlerinage de pénitence imposé lorsqu'elles avaient abjuré. Elles présentaient un grand danger, car elles seraient habiles à reconnaître des adeptes d'une religion qu'elles avaient pratiquée. À part ces traîtresses, il avait repéré Antoine Montreau, l'orfèvre, pour sa fâcheuse propension à se mêler de tout, une vieille paralytique qui observait son prochain avec l'acuité malveillante d'une corneille en mal d'en découdre et deux dominicains retournant à leur couvent de Fanjeaux après avoir apporté au pape un message de leur supérieur. C'était toujours le plus âgé qui parlait, frère Augustin, tandis que son *socius*, frère Louis, l'écoutait avec respect sans piper mot. À l'exception des repenties, c'étaient eux que Lézat craignait le plus, car ils seraient difficiles à duper dans un de ces longs entretiens que la route favorise. L'idée de se faire passer pour des pèlerins n'était peut-être pas si bonne : ils auraient sans doute été plus crédibles en marchands. Tant pis, c'était trop tard, il fallait assumer le choix et surveiller le jeune écervelé auquel on l'avait apparié. La première chose à faire était de le prévenir contre les gens qui lui paraissaient les plus dangereux.

Ainsi que Lézat l'avait pressenti, Julien ne dormait pas encore à son arrivée : il ruminait sa pitrerie de l'auberge, mortifié de s'être ridiculisé devant la jeune fille qu'il voulait séduire. Au réveil, il y pensait toujours. Il se demandait quelle attitude elle adopterait en le voyant. Si elle se détournait avec dédain, il ne survivrait pas à l'humiliation. Cette scène idiote était un mauvais début pour de futures relations qu'il avait imaginées pleines de promesses. Pourtant, l'avenir commun de la pérégrine catholique et du *faidit* cathare ne pouvait être que bref. Ils allaient, en effet, se côtoyer quelques jours seulement, puisque Étienne et Julien quitteraient la caravane à Toulouse, ce que tout le monde ignorait. Mais le jeune homme, tout à son désir, avait effacé de son esprit l'échéance proche.

La cloche de Vignogoul mit les jacquaires sur pied. Ils secouèrent paillasses et couvertures pour en chasser la vermine, puis se rendirent au réfectoire où la charité des moines avait prévu leur repas. Un religieux vint bénir la nourriture et rappeler la tenue d'un office avant le départ.

Autour de la table, il n'y avait que les pèlerins logés dans la salle commune de l'hôpital : manquaient les religieux, qui avaient disposé d'une cellule monacale et mangeaient avec leurs confrères, et les nantis, qui s'étaient payé l'auberge. La vieille paralytique, elle, était exagérément présente : elle croassait à son petit-fils des insanités dont nul ne perdait un mot. Malgré ses efforts, le garçon ne parvenait jamais à la satisfaire. Elle pestait après les moines, qui auraient dû être plus généreux : il lui aurait fallu des œufs et du fromage, pas seulement du pain et des noix ; elle trouvait le vin aigre et regrettait qu'il n'y ait pas de lait. Son souffre-douleur n'osait pas offrir des excuses à leurs commensaux pour la grossière ingratitude de son aïeule, mais il parvenait à faire comprendre du regard qu'il en était confus.

En bout de table, trois hommes menaient grand train. Malgré l'heure matinale, ils vidaient tous les pichets où il restait un fond de claret. Lézat leur trouva un air de mercenaires plutôt que de pèlerins. Julien et lui n'étaient sans doute pas les seuls à s'être affublés de la coquille et du bourdon pour les commodités du voyage. Et cette belle jeune femme dont le regard se plantait hardiment dans celui des hommes ? Un peu à l'écart d'un triste quatuor composé du couple larmoyant des repenties migraineuses aggloméré à deux sœurs blanches qui les avaient prises sous leur protection – ou leur surveillance –, elle paraissait très affranchie.

Appuyé à l'épaule du jeune muet, l'aveugle arriva après tout le monde, ses orbites vides cachées par le bandeau qu'il ne quittait jamais. À la vigile de Montpellier, lorsqu'il s'était présenté, il avait raconté l'attaque des brigands qui lui avaient crevé les yeux et qui avaient coupé la langue au garçon. « Ainsi, avaient ricané les misérables, vous ferez un homme complet. » Ils leur avaient laissé la vie sauve au nom de saint Jacques, que le vieux avait invoqué. Depuis, les deux infirmes marchaient ensemble, demandant l'aumône sur le chemin de Compostelle, où ils allaient remercier le saint de son intercession : grâce à lui, ils n'avaient pas péri à l'instar du reste du village et ils lui en étaient reconnaissants malgré leur infortune.

À mieux l'observer, Lézat s'aperçut que l'aveugle était moins âgé qu'il ne l'aurait cru. Il s'était laissé abuser par l'image de vulnérabilité que lui donnait la cécité. Son pas hésitant, la nécessité d'avoir sans cesse recours à un guide, sa maigreur même, le lui avaient fait classer dès l'abord parmi les anciens, mais la main sèche et forte qui enserrait l'épaule du garçon n'était pas celle d'un vieillard, ni les cheveux, feutrés de crasse, dont il avait confondu la blondeur sale avec la blancheur de l'âge. Le garçon ne devait pas être son petit-fils. Lézat se souvint qu'il avait seulement parlé de parenté ; c'était lui qui avait imaginé un lien très proche en les voyant aussi dépendants l'un de l'autre.

À l'office, ils étaient tous là. Les pèlerins arrivés ensemble de l'auberge restèrent groupés dans la nef, formant un clan à part. Voilà bien les catholiques, pensa Lézat : les riches ne se mélangent pas aux gueux. Pour eux, les préceptes de l'Évangile, la charité et le respect du prochain, ne sont que des mots : ils ne les appliquent pas dans leur vie. S'ils savaient qu'ils ont peut-être été femme ou bête dans leur vie précédente, ils ne seraient pas aussi arrogants. Faisant machinalement les gestes du rite qu'il méprisait, sans prêter attention aux momeries de l'officiant qui débitait ses incantations latines, il observait l'orfèvre. Sa précédente réincarnation avait dû se faire sous la forme d'une salamandre : du saurien, il avait les paupières étroites, les yeux fixes et la peau écailleuse. Une peau qui tombait en pluie blanchâtre lorsqu'il se grattait, et pour la guérison de laquelle il allait probablement prier saint Jacques. Sa fille, dotée d'une carnation saine et d'un visage avenant, ne lui ressemblait pas.

Pendant que Lézat trouvait à Fabrissa Montreau un air de bonne santé, Julien s'intéressait à un autre aspect de son physique. Elle était de dos, et la pèlerine cachait ses formes, mais il savait, pour l'avoir entrevue sans son manteau de pénitente, qu'elle avait un corps désirable. Ce corps lui avait inspiré, avant de s'endormir, des pensées que l'on disait impures. Il avait essayé en vain de les chasser. Elles le hantaient encore. Pris par son évocation, il oublia de faire le signe de la croix. Lézat le rappela à l'ordre d'un coup de coude. Il s'exécuta aussitôt en repoussant l'image de sa mère que ce rite horrifiait. Elle ignorait sa mission et le croyait dans l'entourage de Trencavel à parachever son éducation chevaleresque et courtoise. Aurait-elle considéré, comme Lézat, que la cause excusait le mensonge ? Car ils mentaient sans arrêt depuis qu'ils s'étaient joints aux pèlerins, et continueraient de le faire tant qu'ils seraient avec eux. La vérité était une valeur essentielle de leur religion, et les parfaits étaient tenus de la dire en toutes circonstances. Habitués à sillonner le pays, ils auraient été les candidats rêvés pour accomplir le mandat dont Lézat et Vigordan étaient chargés, mais s'ils s'étaient fait prendre, ils auraient avoué leur but. C'est pour cela que le lieutenant de Trencavel avait jugé plus prudent de se contenter de bons croyants, qui connaissaient moins le pays, mais étaient capables de s'accommoder de quelques compromissions.

Le prêtre conclut en bénissant les jacquaires. Les pèlerins, loin de se lasser d'entendre répéter à chaque étape les formules consacrées, trouvaient dans ces mots la justification de leur entreprise et la force morale de continuer la route. Ils levaient la tête, gonflaient la poitrine et se laissaient envahir par l'exaltation en entendant l'officiant déclamer :

Ô Dieu, qui avez fait partir Abraham de son pays et l'avez gardé sain et sauf à travers ses voyages, accordez à Vos enfants la même protection. Soutenez-les dans les dangers et allégez leurs marches. Soyez-leur une ombre contre le soleil, un manteau contre la pluie et le froid. Portez-les dans leurs fatigues et défendez-les contre tout péril. Soyez le bâton qui évite les chutes et le port qui accueille les naufragés, afin que, guidés par Vous, ils atteignent avec certitude leur but et reviennent sains et saufs à la maison[*].

L'office terminé, Fabrissa se retourna. En effleurant Julien, son œil étincela d'ironie, mais elle esquissa en même temps un sourire de connivence. Soulagé, le jeune homme sourit à son tour.

---

[*] Cité par Raymond Oursel, *Pèlerins du Moyen Âge*, Fayard, 1978.

CHAPITRE III

L'inévitable discussion entre Étienne et Julien eut lieu après quelques heures de marche. Ils avaient quitté de bon matin l'abbaye de Vignogoul pour celle de Valmagne, également tenue par des moines noirs. Selon le convers qui leur avait indiqué le parcours, le but de l'étape n'était pas très éloigné, mais le chemin serait rude à cause du relief montagneux et du manque de points d'eau.

Dans la fraîcheur matutinale, les pèlerins partirent d'un bon pas. Mis en piété par l'office, ils chantaient des cantiques à la gloire de Dieu et de saint Jacques. Pour ne pas se faire remarquer, Lézat psalmodiait les paroles idolâtres, irrité par la ferveur de son *socius*. Comme il ignorait que la foi de Julien n'était pas religieuse mais amoureuse, et que le jeune homme espérait troubler par ses accents mâles et vibrants la jeune demoiselle qui marchait devant eux, Lézat craignait que Julien ne se laisse pervertir par le catholicisme.

Les pèlerins ne se connaissaient pas encore assez pour se regrouper par affinités : ils n'avaient formé leur caravane qu'à Montpellier, où les avaient quittés les jacquaires désireux de se recueillir à Saint-Guilhèm-le-Désert. Au difficile itinéraire de la Montagne Noire, ils avaient préféré celui qui rejoignait Toulouse en passant par Carcassonne selon le tracé d'une ancienne voie romaine dont il restait quelques fragments. Ils commençaient leur première véritable étape ensemble, puisque la veille ils avaient cheminé à peine deux heures entre Montpellier et Pignan.

Très vite, les marcheurs avaient dépassé la zone habitée. Les dernières traces humaines disparues, la garrigue, où paissaient des moutons, laissa la place à un maquis impénétrable. Bientôt un sentier succéda au chemin. À mesure que le soleil montait dans le ciel, que les cigales se faisaient omniprésentes, les pèlerins s'égaillaient, formant une longue procession brune qui avançait péniblement. Ils ôtèrent les lourdes pèlerines sous lesquelles ils étouffaient, préférant qu'elles pèsent à leur bras plutôt que sur leur dos. L'orfèvre et sa fille en chargèrent l'âne qui portait leur bagage. Si Montreau avait décidé de faire le chemin à pied, contrairement aux autres riches pèlerins qui les avaient depuis longtemps dépassés, emportés par leurs chevaux, il ne voulait cependant pas renoncer complètement à son confort, et avait rempli les sacoches du bât.

Julien, hypnotisé, ne voyait que les hanches de Fabrissa qui se balançaient quelques pas en avant. Lézat le sortit de sa contemplation en lui tordant le bras pour le forcer à ralentir de sorte qu'ils finissent par se retrouver au bout du cortège. Ainsi, il pourrait l'admonester avec l'indispensable discrétion.

Étienne pensait qu'il devait être sévère. Il regrettait de ne pas avoir eu un fils auquel il aurait appris les vraies valeurs. Il en aurait fait un homme réfléchi, bien différent de ce cheval fou qui refusait la bride. Prêt à lui dire son fait, il fut retenu par la vue du profil buté de son *socius*. Si leurs relations démarraient sur un affrontement, se dit-il, leur ambassade risquait d'en pâtir : il ne fallait pas que le jeune homme mette toute son énergie dans une lutte stérile contre lui au lieu de se consacrer à la réussite de leur tâche.

Malgré son irritation, il s'interdit le chapitre du bordel. Il sut trouver des mots convaincants, insister sur la reconquête, plutôt que sur la morale et la religion, et feindre d'accorder à la présence du jeune homme à ses côtés une importance qu'en vérité il ne lui reconnaissait pas. Il fit valoir que Julien lui ouvrirait les portes des seigneuries amies au nom de Vigordan illustré par son père au temps de la croisade, mais il n'y croyait pas, persuadé que sa propre qualité de messager de Trencavel et le sceau qui l'attestait suffiraient à convaincre les gens auxquels il était envoyé.

Julien, qui s'attendait à être vertement remis en place, s'était préparé à répondre sur le même ton. Lézat n'était qu'un tisserand. Bien sûr, si on lui avait confié cette mission, c'était à cause de l'estime qu'on lui portait, mais aussi pour profiter de la filière cathare. Lui, Julien Vigordan, était de noble extrace, sur le point de devenir chevalier : il serait adoubé* à la fin de la campagne de reconquête, à Carcassonne, lorsque le vicomte y ferait son entrée triomphale. Il n'avait pas l'intention de s'en laisser conter par un inférieur qu'il dépassait d'une demi-tête.

Surpris par l'amabilité imprévue de son *socius*, le jeune seigneur, désarmé, rengaina son agressivité. Il convint qu'ils devaient faire attention, mais argua que se tenir à l'écart les ferait paraître suspects. En fait, il était surtout désireux de se mettre dans les bonnes grâces de Montreau afin

---

* Adoubement : cérémonie au cours de laquelle le jeune noble est fait chevalier. À cette occasion, il reçoit des armes et un équipement.

d'approcher sa fille plus aisément. Par contre, il n'avait aucune envie de lier connaissance avec les dominicains, des hommes sévères probablement aussi enclins à faire la morale que Lézat. Il avait moins encore envie de fréquenter les repenties, qui étaient lugubres, ou la vieille paralytique, si désagréable. En ce qui concernait cette femme, il pensait que son compagnon avait tendance à voir le mal partout : comment, avec son infirmité, pourrait-elle nuire à qui que ce soit ? Bien qu'il n'en dise mot, il y avait des pèlerins que Julien n'avait pas envie d'approcher : c'étaient les trois hommes à l'allure de soldats qui marchaient en avant. Le plus grand était le soudard qu'il avait aperçu au bordel la veille. Julien craignait que l'autre le reconnaisse et raconte de quelle manière ignominieuse on l'avait jeté dehors. Par contre, il aurait volontiers fait connaissance avec la très jolie femme qui se tenait avec eux et qu'il était surpris de ne pas avoir remarquée plus tôt. Leurs propos semblaient plaisants, à en juger par les éclats de rire qui résonnaient sur les parois du défilé dans lequel ils venaient de s'engager.

La chaleur du soleil, l'absence d'arbres dans ce paysage de rochers et d'épineux, la rudesse du sentier, tout concourait à rendre la progression difficile. Devant Étienne et Julien peinait le jeune garçon qui poussait le charreton où fulminait sa grand-mère :

— Fais attention aux à-coups, ça me fait mal ! Va plus vite, tout le monde nous dépasse ! Bon à rien, tu as failli me renverser !

À chaque insulte, il répondait : «Oui grand-mère» d'une voix sans inflexions.

Malgré sa répugnance à approcher la vieille, Lézat aida le garçon qui lui faisait pitié. Maria Belcaire profita de ce qu'il était à portée d'oreille pour se plaindre de ses douleurs et des mauvais services de Simon, un ingrat qui lui devait tout depuis qu'elle l'avait recueilli à la mort de sa mère. Elle enchaîna sur la morte, une sotte séduite par un maçon qui travaillait à la cathédrale et l'avait abandonnée avec son enfant lorsqu'il avait quitté la ville pour changer de chantier. Lézat acquiesçait sporadiquement : il préférait l'encourager à se raconter qu'être exposé à ses questions. La compagnie de la paralytique n'était pas agréable, mais elle avait le mérite de lui éviter celle des dominicains, qui semblaient décidés à faire plus amplement connaissance avec leurs compagnons de route.

Dès qu'il trouva un endroit ombragé assez vaste pour tous, Montreau donna le signal de la halte. Le soleil était au zénith, et la fatigue se faisait sentir. À l'exception de la vieille, qui n'avait pas d'effort à fournir, les marcheurs se taisaient depuis longtemps. Ils déposèrent leurs pèlerines à terre et s'assirent dessus, puis ils tirèrent de leur besace le casse-croûte donné par les bénédictins et le mastiquèrent avec application pour le faire durer. Les Montreau, qui avaient du lard à mettre sur le pain, s'étaient placés un peu à l'écart de manière à pouvoir ignorer les regards d'envie. Ils furent également les seuls à boire à leur soif, car ils avaient une bête pour porter l'eau. Les autres durent économiser le contenu de leur gourde parce que la journée était loin d'être finie. Puis tout le monde s'allongea pour la sieste. Dans la chaleur du midi, même les cigales s'étaient tues, et l'on n'entendit plus que des respirations régulières coupées par des ronflements sourds.

CHAPITRE IV

Après un coude du sentier, les pèlerins aperçurent au loin un attroupement d'hommes et de chevaux qui barrait le passage. L'inquiétude les prit tandis que des histoires de voyageurs isolés attaqués par des brigands leur revenaient en mémoire. Les jacquaires étaient encore trop loin pour évaluer l'importance du groupe, mais ils savaient qu'ils ne pourraient lui opposer qu'une faible résistance. Quant à faire demi-tour, il n'en était pas question : ils étaient à pied et seraient aussitôt rattrapés. Montreau déclencha un tollé de protestations en voulant faire l'inventaire de leurs forces : la majorité préconisait d'abandonner les biens matériels dans l'espoir de sauver les vies plutôt que de se battre pour un résultat aléatoire. Les plus disposés à tout donner étaient ceux qui ne possédaient rien. Ils s'exprimaient avec une véhémence que tentaient d'égaler leurs opposants, Montreau, surtout, qui voulait défendre ses sacoches pleines de monnaies et de vivres.

La vieille hurlait avec frénésie, montrant un attachement singulier à la carcasse torturée dont elle avait coutume de prétendre qu'elle la quitterait volontiers pour un monde meilleur ; l'aveugle demandait des explications que personne ne lui donnait ; les religieuses et leurs protégées priaient avec des voix qui atteignaient des aigus stridulants ; frère Augustin essayait de calmer les esprits en disant qu'ils étaient dans la main de Dieu et l'orfèvre hurlait : « Les hommes valides avec moi ! »

Étienne et Julien s'approchèrent de Montreau, ainsi que Vidian et Salines qui confirmèrent leur état de mercenaires. Ils produisirent des dagues, et la vue de ces armes, dans les mains de deux hommes robustes et entraînés à la guerre, donna un peu de confiance aux défaitistes. Comme le troisième larron se défilait du côté des pleureuses, Montreau l'interpella, mais il montra peu d'enthousiasme à s'exposer aux horions. Contrairement à l'apparence, Artigues n'était pas un soldat : il faisait métier de pèlerin et avait pris la route à la place d'un bourgeois fortuné qui n'avait pas le temps de s'acquitter du pèlerinage promis à saint Jacques. On se détourna de lui, tant à cause de sa couardise que parce qu'il monnayait ses dévotions. Son précédent comportement de reître le rendait plus indigne encore.

Le dénombrement des combattants potentiels fut vite fait : ils étaient cinq. Trois d'entre eux étaient armés de fer : les mercenaires et Montreau, qui avait, lui aussi, sorti une dague de son bagage. Les tisserands agitaient leur bourdon de pèlerin. Après avoir convaincu les plus récalcitrants qu'ils n'avaient rien à perdre à affronter les brigands, car tous les récits disaient qu'ils tuaient les victimes détroussées pour éviter qu'elles ne les reconnaissent et les dénoncent, qu'elles aient résisté ou non, les cinq hommes s'avancèrent d'un pas martial tandis que l'arrière-garde suivait à distance raisonnable en chantant :

A patz! a patz!
Salva los pelegrins, san Jacz!

Julien en voulait à Lézat : malgré son insistance, son aîné lui avait formellement interdit de prendre une épée, car un tisserand ne porte pas d'arme. Il pestait, car il brûlait de se servir de la merveilleuse épée de son père, avec laquelle il se sentait invincible. Sa mère la lui avait donnée le jour de ses quinze ans en disant : « C'est avec elle que ton père a combattu les soldats français et qu'il a trouvé la mort sur le champ de bataille. Je suis sûre que tu en seras digne ». S'il n'avait pas été obligé de la laisser à Montpellier, elle lui servirait à embrocher tous ces bandits sans coup férir. À défaut, il caressait son bourdon dont il se targuait de faire une arme redoutable. Il avait passé assez de temps à s'entraîner à l'escrime au bâton avec ses amis écuyers pour en être certain. Impatient de se battre, il faisait des moulinets belliqueux, ce qui ne manquait pas d'inquiéter Lézat qui, bien plus que les bandits, redoutait l'attitude de Julien. Elle était si peu compatible avec son prétendu état de tisserand qu'elle risquait d'éveiller la suspicion. Quelques-uns de leurs compagnons pourraient s'interroger sur cette compétence inattendue et remarquer que, pour un artisan, il avait une musculature étonnante.

Ce ne fut qu'arrivés tout près qu'ils les reconnurent : les hommes n'étaient pas des brigands, mais leurs compagnons de route partis à cheval. La chute d'un gros rocher les avait bloqués. Au premier soulagement succéda vite une inquiétude : comment franchir l'obstacle ? Le rocher était imposant et bouchait le passage. À droite, le ravin, à gauche, la falaise, avec toutefois une amorce de sente, mais qui semblait mieux faite pour des chèvres que pour des chevaux ou des humains. Et cette sente, où allait-elle ? Ils n'en avaient pas entendu parler : le convers de Vignogoul avait uniquement mentionné le chemin suivi jusque-là et n'avait rien dit d'éventuelles voies adjacentes. En attendant les piétons, les quatre cavaliers – Alexandre Gabas, le banquier, Jourdain Cadéac, le marchand, François Manciet, le maréchal-ferrant, et Pons Ténarès, le meunier – qui avaient eu largement le temps d'étudier la situation sous tous ses aspects et avaient été impuissants à résoudre le problème, prétendaient faire part de leurs conclusions aux nouveaux arrivants. Mais ceux-ci, Montreau en tête, n'entendaient pas se laisser mener par des hommes qu'en eux-mêmes ils traitaient de tricheurs, car un vrai pèlerinage se fait à pied.

Ils essayèrent d'abord de déplacer le rocher. Ils étaient peut-être maintenant assez nombreux pour l'ébranler. Mais ils eurent beau pousser, utiliser leurs bâtons de marche en guise de levier, s'arc-bouter, dos à la masse rocheuse, et forcer au point que leurs veines saillaient, rien n'y fit, et ils durent déclarer forfait.

Avec le ton de qui l'avait bien dit, Gabas demanda :

— Qu'est-ce qu'on fait, maintenant ?

L'échange de vues qui s'ensuivit fut davantage propre à mettre en évidence la précarité de leur situation qu'à trouver un moyen d'en sortir. Il était impossible de contourner l'obstacle vers le bas, à cause de l'à-pic, et vers le haut, en raison de la paroi. De plus, la journée était trop avancée pour rebrousser chemin : la nuit les aurait pris bien avant d'atteindre Vignogoul. Il fallait aller de l'avant par le sentier qui grimpait au-dessus de la falaise. C'était du moins l'avis du plus grand nombre, et les autres durent s'y plier.

Une difficulté surgit : comment hisser Maria Belcaire ? Le charreton ne roulerait pas dans cette sente caprine. Montreau sollicita l'aide des cavaliers, mais ils se récusèrent, prétextant que, dans un passage aussi abrupt, il fallait décharger les bêtes et les guider par la bride : le moindre poids risquerait de les déséquilibrer et de les faire dévisser. Ils s'attirèrent les regards peu amènes des piétons, et l'aveugle marmonna une phrase dont le seul mot compréhensible était «pharisien». Imperturbables, ils s'engagèrent dans le sentier.

Faute de cheval, l'orfèvre proposa son âne. La paralytique eut la mauvaise grâce de protester. Elle geignit qu'elle serait flagellée par les branches des chênes kermès parce que l'animal était court sur pattes. Elle risquait aussi d'être jetée à terre si la bête faisait un caprice. Avec un air entendu, elle prétendait se rendre compte qu'on voulait la tuer pour se débarrasser d'elle. Dulcie Mallet, aiguillonnée par ces cris qui exaspéraient sa migraine chronique, l'invectiva aigrement, la traitant d'égoïste, d'ingrate et de langue de vipère, ce qui laissa coite l'interpellée à la satisfaction générale. Lézat, voyant Simon réprimer un sourire, pensa que ce contretemps allait au moins donner un répit au garçon.

Les pèlerins grimpèrent à la queue leu leu l'étroit sentier, dont on ne voyait que le début car il disparaissait tout de suite pour contourner un amas rocheux et s'élever au-dessus d'une combe invisible du chemin. Désireux de racheter sa précédente lâcheté, Artigues partit en éclaireur afin de signaler les embûches. Il passa devant les cavaliers démontés, qui rassuraient leurs chevaux devenus rétifs à cause du sol raboteux et de la vue de l'escarpement. Montreau guidait son âne tandis que les deux mercenaires maintenaient l'infirme de leur mieux. Étienne et Julien avaient attendu que tout le monde soit passé. Ils suivaient avec le charreton, qu'ils tiraient, poussaient ou portaient au gré des aléas du sentier.

Les marcheurs avaient espéré rejoindre rapidement leur chemin, mais ce ne fut pas le cas : ils s'élevèrent de plus en plus à l'aplomb du ravin, où le lit d'un ruisseau, qui ne devait couler qu'en temps d'orage, était marqué par quelques arbustes plus vigoureux. Les cailloux roulaient sous les pas et compromettaient l'équilibre ; parfois ils s'insinuaient dans les sandales et les pèlerins devaient s'arrêter pour les ôter afin d'éviter de se blesser davantage. Les pieds étaient en sang, les mollets raidis par les crampes ; la sueur coulait sous les chapeaux, brûlait les yeux et faisait sur les visages salis de poussière des rigoles noirâtres ; les gourdes étaient vides depuis longtemps. Quelqu'un conseilla de sucer un caillou pour faire un peu de salive, mais la soif n'en était pas moins là, douloureuse et obsédante. Julien s'en tirait plutôt bien : l'entraînement militaire intensif auquel il était soumis depuis l'âge de sept ans lui avait fait un corps solide et endurant. Cependant, il était plus habitué à chevaucher qu'à marcher et ses pieds en souffraient. Étienne, par contre, qui cumulait les handicaps de son métier sédentaire et de son âge, avait plus de mal, et il se serait laissé aller au découragement s'il n'avait eu à cœur de résister aussi bien que le blanc-bec.

Le sentier avait beaucoup serpenté depuis que les pèlerins s'y étaient engagés, et ils n'étaient plus certains de la direction qu'ils suivaient. Une discussion s'était élevée entre Salines et frère Augustin. Chacun prétendait avoir un moyen infaillible de trouver le nord, mais visiblement ils n'avaient pas le même. Leurs compagnons, désorientés depuis longtemps, ne s'en étaient pas mêlés. Ils montaient vers un plateau et espéraient avoir de là-haut une vue d'ensemble qui leur permettrait de se repérer. Quand le sentier devint enfin un peu plus large et, de ce fait, plus facile, les jacquaires reprirent assez de souffle pour échanger des commentaires inquiets : ils craignaient que la nuit ne les prenne dans ce désert. Ceux qui avaient préconisé le retour au point de départ accusaient les autres de les avoir entraînés dans une situation à l'issue hasardeuse.

En fin d'après-midi, Artigues, parvenu au sommet le premier, claironna qu'ils arrivaient en vue d'une capitelle*. La troupe soulagée trouva un reste d'énergie pour entonner un chant de grâces. Au lieu de se joindre au chœur, Salvetat, un vieux berger originaire des environs de Montpellier, grommela dans son goitre qu'il y avait bien longtemps qu'aucun pâtre n'était venu dans ces environs. L'ensemble des marcheurs ne tarda pas à comprendre ce que le berger avait vu tout de suite : le plateau avait cessé d'être un lieu de pacage, car la paissance excessive l'avait rendu stérile. Ils durent se rendre à l'évidence : il n'y avait pas trace de vie. Le salut ne viendrait pas de là. La joie fit place à un morne silence.

On imaginait mal comment un troupeau avait pu trouver sa pitance sur ce plateau : le sol était si caillouteux, si aride. Le seul relief qui accrochait le regard était la capitelle et les quatre ou cinq pins qui l'entouraient. À perte de vue, parmi les affleurements grisâtres de la roche calcaire, le mauve des cistes et le violet des bruyères, coupés, deçà delà, par l'or des genêts et le vert dur des genévriers, affolaient le regard avide de découvrir un obstacle, une issue, une échappatoire. L'impression d'être nulle part les accabla. Ils restèrent immobiles, appuyés à leur bourdon de pèlerin. Même les bêtes ne bronchaient pas.

---

*   Capitelle : cabane de berger en pierres sèches.

CHAPITRE V

Un cri aigu rompit l'envoûtement. Il provenait de Fays, l'amie des soldats, qui fit un bond de côté et désigna la touffe de buis où s'était réfugié l'animal qui l'avait effrayée. Vidian fouilla le buisson avec son bâton et délogea un lézard ocellé de la taille d'un avant-bras. Remise de sa frayeur, Fays éclata de rire et commenta, pour le bénéfice du mercenaire :

— Regarde ! il ressemble à Montreau.

Les jacquaires, que l'incident avait arrachés à leur stupeur, se remirent en marche en direction du refuge de berger. L'antique construction leur prouva les erreurs d'orientation de Salines et du religieux. L'ouverture de ces gîtes était toujours au sud : le nord se situait donc ailleurs que ce qu'avaient soutenu les soi-disant spécialistes. Plus personne, désormais, ne prétendit savoir où ils se trouvaient.

Le jour baissait, il fallait faire halte. Les propriétaires des animaux les déchargèrent et les laissèrent en liberté. L'âne, peu exigeant, trouva son bonheur parmi le thym, le romarin et la lavande, mais les chevaux reniflèrent les herbes dures d'un naseau dédaigneux et attendirent de leurs maîtres une nourriture dont ceux-ci étaient dépourvus. Ils n'avaient que de l'eau, qu'ils se résignèrent à leur donner, sous peine de les voir crever, malgré un grand désir de la boire eux-mêmes.

La capitelle ne servirait pas à grand-chose : elle était conçue pour un seul berger, pas pour une vingtaine de pèlerins. Cependant, même si elle ne pouvait pas constituer un abri, elle avait quelque chose de rassurant : dans cette garrigue du bout du monde, elle prouvait l'existence des hommes. Ils voulurent tous la visiter, y compris Maria Belcaire, qu'Étienne accepta de porter sur son dos parce que son charreton ne passait pas. La construction, qui n'avait pour seule ouverture qu'une petite entrée, était bien fraîche. Cela faisait contraste avec la température extérieure qui avait à peine baissé. L'infirme prétendit s'y installer, mais Dulcie Mallet se récria que c'était elle, avec sa migraine, qui avait droit à ce bien-être frais et obscur. En écho affaibli, Flors, qui la suivait toujours, répétait sur un ton geignard ce que sa mère disait agressivement. Le ton monta vite, et plusieurs s'en mêlèrent. Ténarès, le meunier, revendiquait également l'abri, car il avait des difficultés respiratoires que la fraîcheur atténuerait. Pour régler le problème, Montreau les mit dehors sans tenir compte des récriminations.

— Puisqu'il n'y a pas de place pour tous, dit-il, il est juste qu'il n'y en ait pour aucun.

Lézat redéposa la paralytique sur son charreton et s'éloigna avec la ferme volonté de ne plus approcher cette harpie. Artigues détourna l'attention en signalant l'existence d'une draille*. Elle les conduirait sans doute vers des lieux habités, sinon leur but, l'abbaye de Valmagne, du moins un village ou un hameau pourvu d'une source et

---

* Draille : piste empruntée par les troupeaux transhumants.

habité de chrétiens qui leur feraient la charité d'un morceau de pain. Car s'ils n'avaient plus rien à boire, ils n'avaient pas non plus à manger, c'est du moins ce que tous déclarèrent. Cependant, plusieurs d'entre eux – les inévitables cavaliers aux sacoches gonflées, ainsi que Montreau et sa fille – mirent à se soulager derrière des buissons éloignés beaucoup plus de temps qu'il n'était nécessaire, ce qui les fit suspecter d'être allés se dissimuler pour manger.

Les pèlerins se dispersèrent dans l'espoir de faire une cueillette qui leur permettrait de ne pas dormir l'estomac vide. Mais le plateau était aride, et ils ne trouvèrent rien, sauf Fays, qui arriva avec des petits fruits noirs dans ses mains en coupe. Ils voulurent savoir où elle les avait trouvés, mais elle n'eut pas le temps de le dire : le goitreux bouscula ceux qui étaient sur son passage et frappa brutalement les mains de la jeune femme. Puis il piétina la récolte tombée à terre.

— Eh ! cria-t-elle indignée, mes mûres !

— C'est du redoul, dit-il en s'éloignant, un poison mortel.

Fays pâlit.

— Du poison. J'aurais pu mourir, par Dieu !

Leur indifférence pour le vieil homme fit place à une crainte respectueuse. Montreau le retint pour lui demander quelles étaient les baies comestibles. Il n'en connaissait pas. Puis il le questionna sur les dangers de la nuit. Y avait-il des bêtes ? Bien sûr. Là où il n'y a pas d'hommes, il y a des bêtes. Des loups ? Des loups. Le vieux berger était avare de paroles, et cela leur donnait d'autant plus de poids. Les jacquaires s'étaient regroupés autour de lui comme s'ils s'attendaient à ce qu'il énonce un moyen miraculeux de les mettre à l'abri, mais il était retombé dans son mutisme, et ils ne surent plus que faire.

Salines voulut reprendre l'avantage après sa déconfiture au sujet des points cardinaux. En tant qu'habitué des nuits à la belle étoile, il expliqua que, pour éloigner les bêtes, il fallait allumer des feux. Ils en feraient quatre qui formeraient un carré délimitant l'espace réservé aux dormeurs. À tour de rôle, deux responsables veilleraient à ce qu'ils ne s'éteignent pas. Pour cela, il fallait beaucoup de bois. Le plateau ne manquait pas de brindilles, mais elles étaient éparpillées dans la garrigue, et il ne fallait pas traîner si on voulait en récolter assez pour tenir toute la nuit. Avoir une occupation les aida à chasser leurs idées noires. Ils s'en furent sur la lande, en quête de combustible, et il ne resta, près de la capitelle, que Maria Belcaire et Feuillant, invalides, et Ténarès, trop épuisé. Les pèlerins glissèrent le bas de leur cotte dans la ceinture, sur chaque hanche, de manière à en faire un réceptacle, et ils s'éloignèrent par groupes de deux ou trois.

— As-tu reconnu le vieux berger ? demanda Étienne à Julien.

— Non. Qui est-ce ?

— Un voisin des Cordié, la famille de bons chrétiens qui nous a logés les deux nuits avant qu'on parte à Montpellier.

— Vraiment ?

— Oui. Sa silhouette me rappelait quelque chose, mais je n'ai su qui il était que tout à l'heure, quand nos regards se sont croisés. J'ai compris qu'il me reconnaissait aussi. Quelle malchance ! Cordié se méfiait de lui : il craignait qu'il les ait démasqués.

— Tu crois qu'il va nous dénoncer ?

— Peut-être pas, mais on ne peut pas prendre ce risque. Il va falloir trouver un moyen de l'en empêcher. Je vais y penser.

Après avoir averti son *socius* du danger, Lézat partit seul. Habitué à passer de longues heures solitaires au métier à tisser, la promiscuité continuelle lui pesait, et il éprouvait la nécessité de s'isoler un peu. Voyant Julien se mettre à la remorque de Montreau et de sa fille, il devina qu'il s'était enflammé pour la donzelle. Pourvu que, dans son désir de briller, il n'aille pas faire allusion à la cour d'Aragon et à ses appartenances seigneuriales ! Il maudit une fois de plus Rivel de l'avoir affligé d'un tel compagnon.

Lézat avait tort de s'inquiéter : Julien n'osait pas adresser la parole à Fabrissa. Il ne parvenait pas à interpréter son attitude : à distance, elle l'encourageait du sourire et du regard pour adopter un air sérieux et compassé dès qu'il s'approchait. De plus, son père la surveillait de près. Après avoir vainement cherché un moyen d'engager la conversation avec les Montreau, Julien les laissa partir en avant et se mit à glaner. À l'approche d'un gros rocher, il entendit du bruit venant de l'arrière. Peut-être une grosse bête ? C'était le moment de se montrer courageux pour impressionner le père et la fille. Il contourna la roche, le bourdon levé, prêt à frapper, et tomba sur une scène imprévue : Vidian entourait la taille de Fays d'une main, explorait son corsage ouvert de l'autre et l'embrassait dans le cou tandis qu'elle l'encourageait en gloussant. Le couple vit Julien et éclata de rire. Conscient du ridicule de sa posture, le jeune homme s'enfuit, rouge de confusion.

La corvée de bois terminée, Salvetat examina plusieurs chênes kermès pour finalement couper une branche formant une fourche. Simon et André profitèrent d'un répit dans leurs obligations d'accompagnateurs – Maria déversait sa bile dans l'oreille de sœur Josèphe tandis que l'aveugle était absorbé dans une prière ostentatoire – pour observer avec beaucoup d'intérêt le vieil homme qui fabriquait une fronde. Simon tenta une question, à laquelle Salvetat ne répondit pas, et les deux garçons le regardèrent s'éloigner dans la garrigue sans oser le suivre malgré l'envie qu'ils en avaient.

Quand le vieux berger revint, il tenait par les pattes une perdrix de la grosseur de deux poings fermés. L'oiseau perdait son sang par le bec, goutte à goutte. Sous les yeux fascinés de ses compagnons affamés, il ôta les belles plumes rousses et dorées, vida l'animal de ses entrailles et l'embrocha sur une tige. Puis il alluma un petit feu de branches sèches entre deux rochers et le fit cuire. Tout le monde se rapprocha. L'odeur de la chair rôtie chavirait les estomacs vides et provoquait des afflux de salive. L'oiseau n'était pas gros, et il n'y en avait guère que pour deux. Chacun, dans son for intérieur, se demandait ce que le berger allait faire. Avec qui allait-il partager son repas? Plus d'un regrettait de ne pas avoir lié amitié avec lui. Peut-être aurait-il pitié des plus malades, ou bien des jeunes qui ont toujours faim? Rien de tel ne se produisit. Lorsque le gibier fut cuit, il commença de manger et ils comprirent qu'il n'en donnerait pas. Des murmures s'élevèrent et des insultes à mots couverts et de vagues menaces tandis qu'ils voyaient disparaître la nourriture convoitée. Il ne restait plus qu'une aile lorsque Artigues n'y tint plus : il fondit sur Salvetat et s'empara du rogaton. Mais le vieux était rapide : son bâton s'abattit sur le prédateur, qui ouvrit la main en criant de douleur. Fou de rage, Artigues se jeta sur le berger en hurlant :

— Charogne, je vais te crever !

Salines et Vidian l'arrachèrent à sa victime et l'éloignèrent en essayant de le calmer. Rageusement, il les repoussa et partit à grands pas en maugréant :

— Je l'aurai, il ne perd rien pour attendre.

Pendant que le berger, imperturbable, finissait l'aile qu'il avait ramassée, les jacquaires commentaient l'incident. Ils donnaient tort à Salvetat sans approuver Artigues. Soudain, des imprécations couvrirent toutes les voix. C'était l'aveugle qui clamait, la tête tournée vers le ciel :

— Celui qui ne partage point n'aura pas sa place au Royaume de Dieu. Il rôtira en Enfer pour les siècles des siècles. Malheur à celui qui n'a pas de compassion pour son prochain, il sera perdu pour l'éternité !

La diatribe, lancée d'une voix forte, glaça tous les pèlerins, à l'exception de son destinataire. Après avoir jeté au loin le dernier os, impassible, le vieux berger entreprit de se curer les dents.

CHAPITRE VI

Ça s'est passé avant que je perde la vue, pas loin de chez nous, dans un hameau isolé construit au cœur d'une clairière où il y avait eu autrefois des charbonniers. Pendant la nuit, Jean s'est levé et il est sorti, comme il le faisait d'habitude. C'était la pleine lune; les chiens avaient beaucoup aboyé, puis ils s'étaient tus. Jean ne revenait pas. Alors, sa femme a voulu aller voir s'il lui était arrivé quelque chose. À peine fut-elle assise sur la paillasse qu'elle entendit des hurlements qui la terrifièrent. Elle connaissait le cri des loups, car ils rôdent souvent autour du hameau, l'hiver, quand ils ont faim, mais là, ce n'était pas une harde: il n'y en avait qu'un seul qui hurlait, et c'était plus fort, plus menaçant, plus terrible que s'il y en avait eu une meute entière. Puis il y eut encore un cri. Un cri d'homme, cette fois, elle en était sûre bien qu'elle n'ait jamais rien ouï de semblable. Une voix qui disait tant de peur et de souffrance que ce ne pouvait pas être celle de son mari. Mais Jean ne rentrait pas, et elle n'osait pas sortir. Les enfants pleuraient. Elle les entraîna au milieu des moutons et ils y restèrent recroquevillés tout le reste de la nuit…

Le conteur tenait son public en haleine. Tout le monde écoutait l'aveugle passionnément sans parler ni bouger. Il avait entamé son récit à la suite d'une remarque de Maria Belcaire. Lorsque la nuit avait été complètement tombée, que les gens s'étaient resserrés autour des feux qui donnaient une vague clarté accentuant la profondeur de l'obscurité qui les cernait, elle avait dit de sa voix aigre :

— Il ne manquerait qu'un loup-garou.

Le plateau, soudain, avait paru plus hostile, mais les pèlerins, malgré l'opposition de Montreau qui trouvait déraisonnable de se faire peur, voulurent entendre l'histoire que l'aveugle connaissait.

Aux premières lueurs de l'aube, la femme et les enfants sortirent…

Il laissa passer un silence. Fays demanda :

— Et alors ?

Une trace de sang partait du chêne contre lequel Jean allait toujours pisser. Ils la suivirent. Elle les conduisit à la sortie du hameau, à la limite de la forêt. Il était là, la gorge déchirée par des morsures. Sa tête était presque arrachée du tronc. Il avait essayé de se défendre : dans sa main, il y avait une touffe de poils rudes et noirs. Mais il n'était pas de force contre la Bête.

— C'était un loup-garou ?

Oui. Il a tué plusieurs hommes avant qu'un groupe de paysans courageux décide de l'affronter. Armés de faux, ils le guettèrent chaque fois que la lune était pleine. Une nuit, ils l'ont vu arriver. C'était un loup énorme, trois fois plus gros qu'un loup ordinaire. Les hommes s'étaient cachés, mais il flaira leur odeur et grogna, les babines retroussées. Ses crocs étaient très longs, de la bave pendait de sa gueule ouverte. Les hommes tremblaient, terrorisés. Ils n'osaient pas l'attaquer mais, lorsqu'il bondit, ils le frappèrent avec leurs faux. Ils tapaient de toutes leurs forces; la Bête ne semblait pas en souffrir. Elle se démenait comme Satan incarné. Ses yeux lançaient des éclairs, ses hurlements résonnaient dans tout le hameau. Les gens s'étaient terrés au plus profond des chaumières et priaient Dieu pour qu'Il vienne à leur secours. Le loup-garou était sur le point de gagner le combat: il ne restait qu'un homme valide, Gabriel, mais il était souple et agile. Il fit semblant de tomber et, quand la Bête arriva sur lui, il lui trancha un pied d'un coup sec. Le loup-garou fut aussitôt délivré du maléfice et reprit sa forme humaine.

— C'était quelqu'un qu'ils connaissaient?

— Un voisin. Un brave homme qui n'avait jamais fait de mal à quiconque. Le Diable s'était emparé de lui une nuit de pleine lune où il était sorti. Après ça, il a vécu encore longtemps malgré son pied en moins.

Frère Augustin essaya d'expliquer qu'il ne s'agissait pas d'une véritable transformation, mais d'une illusion qui abusait tout le monde, y compris celui qui était la proie du Démon[*]. Son discours confus se heurta à l'incrédulité des jacquaires. Ils avaient déjà entendu des témoignages semblables à celui de Feuillant et ils savaient que ces monstres existaient réellement. De plus, cette affaire s'était passée dans le pays du conteur, qui la tenait de témoins oculaires. Le Diable, c'était connu, pouvait s'insinuer dans n'importe quel homme, pourvu que celui-ci ait quelque faiblesse. Et qui pouvait se targuer d'être sans faiblesses?

Justement, ce soir-là la lune était pleine! Ils la voyaient monter dans le ciel, d'une rondeur désespérante. C'était

---

[*] L'Église ne nie pas la métamorphose, mais tente de l'expliquer de manière rationnelle et chrétienne en utilisant la théorie de saint Augustin sur la «métamorphose illusoire».

une lune de loup-garou dans un désert de pierraille où il n'y avait ni murs pour se protéger ni portes pour se barricader.

Salines voulut crâner :

— Qu'il approche, le loup-garou, je l'attends, moi !

Quelques ricanements virils l'accompagnèrent, mais l'aveugle se dressa, maigre silhouette qu'agrandissait la lumière tressautante des feux. Il tendit le bras, pointa son doigt en direction des rieurs et menaça :

— Ne blasphémez pas, hommes impies ! Le ciel nous punira en nous envoyant la bête.

L'anathème fut suivi d'un lourd silence. Lorsque frère Augustin le rompit avec les premiers mots de la prière du soir, l'homme de Dieu fut suivi avec une ferveur inégalée. Même les plus bravaches demandèrent au Seigneur, dans le secret de leur cœur, de les protéger des maléfices de la nuit. Puis ils se roulèrent dans leurs pèlerines et s'allongèrent sur la terre dure, cherchant au ciel la pâle poussière d'étoiles de la Voie lactée qui indiquait la direction de Compostelle.

CHAPITRE VII

Montreau avait dû se résigner à laisser les mercenaires organiser le camp, car il n'y connaissait rien alors qu'eux avaient souvent bivouaqué. Ils divisèrent la nuit en quatre temps, prenant pour repère la progression de la lune. Des veilleurs furent nommés : Vidian et Vigordan feraient le premier quart, Cadéac et Manciet leur succéderaient. Quant aux deux derniers quarts, ils seraient assurés par Salines et Lézat d'une part, Montreau et Artigues d'autre part.

Julien et Vidian s'adossèrent à la capitelle de manière à voir l'ensemble du camp tout en étant assez loin pour parler sans gêner les dormeurs. Ils allaient parfois nourrir les feux, puis Vidian reprenait son monologue. Comme il n'avait fait aucune allusion à la sortie de l'aveugle, Julien se demanda si c'était par indifférence ou désir de la chasser de son esprit. Le jeune homme avait craint d'avoir été reconnu au bordel, mais de cela, le mercenaire ne dit rien non plus : il parlait de sa vie et de ses exploits guerriers.

Vidian était originaire de la même région que Simon de Montfort, l'Île-de-France, mais il était trop jeune pour avoir connu la première croisade. Venu en mille deux cent vingt-six, sous les ordres d'Humbert de Beaujeu, il était resté parce que le climat était plus agréable et le vin meilleur. Avec Salines, ils étaient ensemble depuis le début, car ils étaient cousins, du même village. Depuis la fin de la croisade, ils servaient les seigneurs qui requéraient leurs services lorsqu'ils étaient en conflit avec leurs voisins.

— Et le reste du temps, de quoi vivez-vous? s'enquit Julien, qui savait que le temps de la guerre se limitait à la belle saison.

— On s'arrange, répondit-il.

«On rapine», traduisit le jeune homme. Il était de notoriété publique que les bandes de routiers, qui volaient et rançonnaient, étaient une des plaies du pays. Mais Vidian préférait parler de ses faits d'armes. À l'entendre, il avait gagné des batailles à lui seul.

Julien avait du mal à demeurer calme : Vidian était un ennemi. Il était venu du nord pour combattre le vicomte qu'il se permettait de mépriser à cause de sa défaite. Il avait peut-être participé à l'affrontement qui avait vu la mort de son père. À l'idée que le seigneur de Vigordan, dont tous ses pairs vantaient la bravoure, ait pu succomber aux coups de cet homme sans honneur, Julien sentait des pulsions meurtrières. Pour se raisonner, il devait se rappeler sa mission. Tandis que le mercenaire fanfaronnait, Julien se ferma à son discours. Il rêva d'une campagne guerrière où, sous la bannière de Trencavel, il décimait les rangs de l'ennemi et massacrait Vidian et ses semblables avec une joie triomphante.

Le quart était bien entamé et tout le monde dormait. Le mercenaire fit le tour du camp pour vérifier s'il n'y avait pas quelque insomniaque, puis il secoua un dormeur. Celui qu'il avait réveillé se leva et le suivit. Quand ils passèrent devant Julien, il vit que c'était Fays. Vidian posa un doigt sur sa bouche pour lui intimer le secret et lui fit un clin d'œil complice avant d'entraîner la jeune femme dans la capitelle.

Julien comprit pourquoi Vidian avait tenu à veiller avec lui : il était déjà leur complice puisqu'il n'avait rien dit après les avoir surpris derrière le rocher. Comme les murs étaient épais et qu'il était adossé à l'opposé de l'entrée, il n'entendait rien, mais il ne parvenait pas à détourner sa pensée du couple. Les gestes de l'amour, qu'il n'avait encore jamais faits, il les connaissait par ouï-dire. Avec Guilhèm et Raimond, ses compagnons d'apprentissage, c'était un thème privilégié qui disputait la vedette à la reconquête des territoires de Trencavel et aux chasses fabuleuses. Ils avaient assez écouté leurs aînés raconter leurs bonnes fortunes pour que Julien puisse être capable de se représenter les deux corps mêlés de Fays et Vidian.

Pendant la soirée, malgré sa volonté de l'éviter, ses yeux revenaient toujours sur la jeune femme. Lorsque leurs regards se croisaient, c'était lui qui était gêné, car dans son esprit, elle n'avait pas le corsage lacé, mais était telle qu'il l'avait vue dans les bras du mercenaire, le vêtement ouvert et les seins nus, et il avait l'impression qu'elle le savait. Des seins très blancs, un peu lourds, avec une aréole brun rosé. Il en était obsédé, et il n'avait pas fallu moins que l'histoire du loup-garou pour évincer cette hantise.

Maintenant, seul dans la nuit, avec les deux autres tout proches en train de s'accoupler, il n'essaya pas de résister aux images. Ce n'était plus Vidian, mais lui qui allongeait la femme sur le sol. Au visage de Fays, s'était superposé celui de Fabrissa. Il ouvrit sa cotte, prit dans sa main un sein chaud et ferme et saisit le mamelon entre ses lèvres.

Retroussant la jupe de la jeune femme, sa main remonta fébrilement vers le creux du corps. Les cuisses s'écartèrent et ses doigts parvinrent à la toison humide dans laquelle il se fit un passage. N'y tenant plus, il empoigna son sexe érigé et participa, en solitaire, à ce qui avait lieu dans la cabane. Quand le couple sortit, Julien posa sur Fays un regard égaré : son évocation lui avait semblé tellement réelle – et elle l'était par certains aspects, sa main poisseuse en témoignait – qu'il était surpris de ne pas voir Fabrissa surgir de la capitelle.

Dès que Fays eut regagné sa place, Vidian réveilla les deux hommes chargés de les remplacer et ils se couchèrent. Julien mit longtemps à trouver le sommeil, tourmenté par la gravité du geste qu'il venait d'accomplir.

CHAPITRE VIII

La nuit n'avait pas été fameuse, car les pèlerines faisaient une piètre paillasse sur le sol caillouteux. Aux premières lueurs du jour, les jacquaires déplièrent leurs corps endoloris, se levèrent avec difficulté et allèrent se soulager derrière les buissons. Maria Belcaire glapit qu'elle n'avait pas réussi à fermer l'œil et qu'elle avait eu froid, comme si elle avait été la seule à pâtir de la précarité du campement. Elle accusait son petit-fils de l'avoir mal protégée, de n'avoir pas su ajuster la pèlerine qui avait glissé, de ne rien faire de bon. Le reste de la compagnie était d'assez méchante humeur, et sa litanie de plaintes suscita quelques soupirs exaspérés.

Un hurlement soudain couvrit les geignements, grognements et raclements de gorge matinaux. Les pèlerins restèrent figés, qui les chausses baissées, qui le chapelet à la main, qui la prière aux lèvres. Le cri se répéta et dégénéra en crise nerveuse. Les statues s'animèrent pour converger vers Fabrissa Montreau. Elle gesticulait et ce qu'elle disait n'avait aucune cohérence. Son père la secoua jusqu'à ce qu'elle se calme. Elle réussit enfin à désigner d'un doigt tremblant l'arrière du rocher d'où elle venait de surgir. Ils le contournèrent et découvrirent l'atrocité.

La gorge lacérée, le visage déchiré, la bouche tordue par une grimace d'horreur absolue, Salvetat gisait dans une flaque de sang noirâtre où bourdonnaient déjà quelques mouches.

Certains réagirent de la même façon que la jeune fille, d'autres restèrent muets, deux ou trois s'éloignèrent précipitamment pour vomir. À part peut-être les mercenaires, qui étaient aguerris, ils étaient sous le choc.

Maria Belcaire, oubliée par son petit-fils, réclamait à tue-tête :

— Viens me chercher ! Je veux voir !

Ramené à son devoir, Simon poussa le charreton jusqu'à l'attroupement.

Ils parlaient tous en même temps, et l'aveugle ne comprenait rien. De sa voix qui dominait la cacophonie, il exigea :

— Dites-moi ce qui est arrivé. Expliquez-moi.

— C'est Salvetat…

— Tué…

— Défiguré…

— Il a perdu tout son sang…

— On lui a arraché le goitre…

— Il a du sang partout autour de lui…

— Des traces de griffes sur le visage…

— Le cou déchiré…

— Tellement de sang…

— Il a eu peur. Regardez ses yeux et sa bouche. Il a eu très peur. Il a vu le Diable.

— Priez et repentez-vous ! clama l'aveugle. Vos âmes impies n'ont pas su faire reculer la Bête. Elle a pris d'abord le plus mauvais, celui qui n'a pas partagé, mais elle nous frappera tous.

Impressionnés, certains se jetèrent à genoux et lancèrent au ciel :

Salva los pelegrins, san Jacz!

Julien jeta un regard en coulisse à son *socius*. Cette mort servait si bien leurs intérêts qu'il se demandait si Lézat en était responsable. Bien sûr, le visage du tisserand exprimait l'horreur, mais c'était le cas de tous les visages. Pourtant, quelqu'un avait tué Salvetat, et Julien n'était pas sûr de croire à la Bête. Il y avait d'autres sceptiques : cela pouvait être l'œuvre d'un véritable loup, disaient certains, ou d'un quelconque animal sauvage. Salvetat s'était éloigné pour pisser et avait été attaqué. Au fait, à quel moment de la nuit s'était-il levé? Et pourquoi les hommes de garde n'avaient-ils rien vu? Accusés de négligence, ceux-ci protestèrent avec indignation : ils avaient fait leur service correctement. Pourtant, Salvetat avait quitté le périmètre du camp. Pour que les veilleurs ne s'en soient pas aperçus, il fallait qu'ils aient dormi. Aucun ne voulut l'admettre. Afin d'en avoir le cœur net, frère Augustin sortit sa Bible et leur demanda de le jurer. Ils protestèrent que leur parole aurait dû suffire et qu'on les humiliait. Mais tout le monde attendait qu'ils obtempèrent, et ils s'approchèrent en traînant les pieds. Vidian jura sans hésitation : il avait certaines choses sur la conscience, mais il était sûr de ne pas avoir dormi. Julien dut prendre sur lui pour en faire autant : sa religion interdisait formellement le serment, c'était même un des manquements les plus graves. Sa mère lui avait tellement répété qu'il ne devait pas jurer qu'il avait du mal à s'y résoudre. Il lança un coup d'œil affolé à Lézat, qui ferma les yeux en signe d'approbation. Alors, il jura aussi. Salines, Lézat, Montreau et Artigues jurèrent également. Il ne restait que Cadéac et Manciet. Ils étaient passés les derniers dans l'espoir qu'ils n'avaient pas été les seuls à s'endormir, ce qui leur aurait évité de se dénoncer, mais ce n'était pas le cas, et ils durent admettre qu'ils s'étaient assoupis. Ces deux hommes étaient de quart lorsque la lune était au plus haut, à minuit, à l'heure de la Bête.

Les incrédules en furent ébranlés. D'où venait-elle ? Les rochers dissimulaient quantité de grottes. Elle était peut-être tapie tout près à attendre la nuit pour frapper de nouveau. À moins qu'il ne s'agisse de l'un d'entre eux ? On se souvint des menaces d'Artigues : il avait dit qu'il tuerait Salvetat. La sueur au front malgré la fraîcheur de l'aube, le pèlerin de métier se défendit de toutes ses forces. Non, il n'était pas coupable. Les mots avaient dépassé sa pensée. Il les avait prononcés sur un coup de colère. Mais il était incapable de nuire à son prochain. Il était pèlerin, comme eux. Il avait toujours été un homme de foi. Il avait le respect de la vie donnée par le Très-Haut. La Bête venait d'ailleurs. Elle vivait sur ce plateau. Il fallait le quitter au plus vite.

Qu'ils le crussent ou non, ils étaient d'accord avec lui sur ce point. Mais ils avaient un cadavre sur les bras, et il fallait en disposer. Ils se tournèrent vers l'orfèvre : puisqu'il avait des prétentions de chef, qu'il décide. Montreau avait perdu son assurance : il ne s'était pas attendu à faire face à un problème aussi grave. Malgré son désir de régenter son prochain, il restait perplexe. Il se demandait quoi faire du cadavre et se grattait furieusement, comme chaque fois qu'il était troublé. C'était la dépouille d'un pèlerin ; même s'il avait paru peu estimable, il lui fallait une sépulture en terre chrétienne. Or, ils étaient perdus dans la garrigue. Il y avait un sentier, certes, mais nul ne savait en combien de temps il les conduirait à un lieu habité. Avec la chaleur qui promettait d'être aussi forte que la veille, la dépouille sentirait très vite. Montreau refusait de s'imaginer en train de tirer la bride de son âne chargé d'un cadavre bourdonnant de mouches vertes.

Une timide suggestion s'éleva :

— On pourrait l'enterrer ici.

Mais les objections fusèrent :

— C'est trop dur, on ne pourra jamais creuser.

— Il ne faut pas abandonner un chrétien en pâture aux charognards.

— Mais c'était un mauvais homme, glissa quelqu'un, il n'a pas partagé son repas.

Véhémente, la voix de Fays protesta :

— Il m'a sauvé la vie. Sans lui, je mangeais le redoul. Et vous aussi, parce vous auriez fait pareil. Il faut trouver une solution.

Certes, mais laquelle? Vidian suggéra qu'il pourrait être enfoui sous des pierres. L'idée, bien que séduisante, ne résolvait pas le problème de la terre bénite, mais l'orfèvre sauta sur la proposition et balaya les dernières réticences en disant que les moines du prochain monastère qu'ils rencontreraient enverraient des hommes le récupérer. Un tas de pierres surmonté d'une croix de bois serait facile à localiser.

Il fallut aller loin pour trouver des pierres, car le berger qui avait édifié la capitelle avait utilisé toutes celles qui étaient à proximité. Mais ils ne rechignèrent pas à quitter les abords du cadavre déchiqueté pour aller faire leur moisson. Les premières pierres entourèrent le corps qui fut recouvert peu à peu. Malgré leur hâte de se délivrer de sa vue, c'est la tête qu'ils enfouirent en dernier, comme si personne n'osait poser sa pierre là où la Bête avait frappé.

Lorsque Salvetat eut entièrement disparu, frère Augustin prit son livre pour dire les prières des morts. Au soleil levant, les jacquaires s'agenouillèrent dans la pierraille et répétèrent les phrases du religieux. En hommage à leur compagnon sacrifié, ils avaient dépoussiéré leur défroque de pèlerin : la longue cape de bure et le chapeau à larges bords ornés de la coquille. À la suite du dominicain, ils recommandèrent à Dieu le pécheur qui n'avait pas reçu l'aide de l'Église pour son passage dans l'au-delà.

CHAPITRE IX

Au milieu de la matinée, les jacquaires n'avaient tou-jours pas rencontré de traces humaines à l'exception de la draille qu'ils suivaient. Dans les esprits troublés par la soif et la faim, la peur était omniprésente. Ils se demandaient si cette voie, dont ils avaient cru qu'elle les conduirait à un lieu habité, n'était pas le chemin de la Bête. Certains pensaient qu'elle les menait droit à son antre.

Poussés par la sensation du danger, ils n'avaient pas été longs à quitter la sépulture de Salvetat après les prières. Les hommes qui auraient eu la possibilité de partir plus vite, puisque la topographie des lieux permettait de monter les chevaux, préférèrent rester, se sentant protégés par le nombre. Le groupe avait pourtant un aspect misérable : personne n'avait mangé, même pas ceux qui avaient encore des vivres. En effet, s'ils les avaient sortis ce matin, et même s'ils avaient voulu les partager, c'eût été avouer qu'ils ne s'étaient pas mieux conduits que Salvetat le jour d'avant et devenir des victimes en puissance. Quand ils auraient quitté le plateau, les choses seraient différentes, mais ici, il valait mieux avoir le ventre creux et la vie sauve.

Les marcheurs manquaient d'entrain : aucun n'avait le cœur de lancer un chant ni de parler de choses anodines avec son voisin. La soif leur laissait la bouche sèche et le jeûne, l'haleine amère. La seule amélioration par rapport à la journée précédente était la relative facilité de la marche mais, au bout du compte c'était un inconvénient supplémentaire, puisqu'elle laissait à l'esprit toute latitude pour battre la campagne. La crainte de la Bête s'ajoutait à celle d'être perdu, et les esprits les plus solides commençaient à divaguer. Derrière chaque rocher et chaque arbuste, ils croyaient voir des ombres menaçantes. Ils sursautaient aux cris rauques des oiseaux de proie.

La tâche de Simon n'était pas allégée car, si le sol plat était facile pour les marcheurs, les inégalités provoquées par les cailloux, les fissures de la terre desséchée et les plantes malingres aux racines dures bloquaient sans cesse les roues du charreton, provoquant des à-coups qui entraînaient les reproches de la passagère maltraitée. Malgré sa répugnance à approcher Maria, Lézat vint lui donner un coup de main. Le courage du garçon l'émouvait : jamais il ne se plaignait. La vie difficile qu'il menait depuis des années ne l'avait rendu ni méchant ni aigri, et il acceptait toute aide avec un sourire reconnaissant. Lézat se surprenait à imaginer qu'il lui enseignait la vraie religion, en faisait un bon croyant et sauvait son âme. Le désir d'avoir un fils, affaibli par la naissance de cinq filles, lui revenait à côtoyer Simon. Ces rêveries étaient vaines, il le savait, puisqu'il allait se séparer des jacquaires à l'étape de Toulouse – s'ils voyaient un jour Toulouse – et que le garçon ne pourrait jamais quitter sa grand-mère.

Avant qu'Étienne aille aider Simon, Julien aurait pu lui poser, sans que personne l'entende, la question qui lui tournait dans la tête : avait-il ou non tué Salvetat ? Il ouvrit plusieurs fois la bouche et la referma sans dire un mot : s'il n'y était pour rien, Lézat allait se sentir offensé. Quant au tisserand, il n'aborda pas le sujet, comme si c'était inutile. Julien en déduisit qu'il avait sans doute eu tort de le soupçonner : le coupable devait être Artigues. Après tout, la veille, il avait clairement menacé Salvetat.

Le plateau se termina abruptement sur une falaise. Le soulagement de quitter ce lieu maudit, indissociable de la mort et du Démon, fut visible sur tous les visages, et les regards perdirent un peu l'air hagard que leur avait laissé l'épisode matinal. Ce paysage ne présentait pas plus de traces de vie que le précédent, mais il était différent, et il fallait composer avec les embûches de la descente qui apportèrent une diversion bienvenue.

Maria Belcaire et son véhicule, évidemment, ne pouvaient pas s'y engager. Lézat et Vigordan se chargèrent du charreton tandis que Montreau fournissait son âne et que les mercenaires maintenaient la vieille en place : les habitudes étaient déjà installées. Étienne se demanda qui les remplacerait lorsqu'ils auraient quitté le groupe, mais il n'y pensa pas longtemps : cela ne le concernait pas.

Comme c'était prévisible, le ruisseau était à sec. De toute façon, il avait son lit au fond d'une gorge, et les pèlerins n'auraient pas pu y accéder, même s'il avait coulé. Contre toute logique, ils avaient espéré le miracle d'une eau courante, fraîche et accessible. Ils furent déçus. Au loin, un pont franchissait la gorge et menait sur le versant opposé.

— Regardez, là-bas !

Salines désignait des gens en face d'eux. Un homme tirait un âne bâté le long d'un sentier qui, lui aussi, allait vers le pont. Un autre homme le suivait. Les pèlerins crièrent pour attirer leur attention. Ils les entendirent et agitèrent leurs couvre-chefs. C'étaient probablement des marchands ambulants ; ils connaîtraient la route menant au salut. À Valmagne, peut-être, si on ne s'en était pas trop éloigné. Cela délia les langues et rendit l'espoir aux jacquaires qui avaient fini par se croire oubliés de Dieu. Ils se forcèrent à tirer de leurs gorges sèches et douloureuses un vibrant «*Salva los pelegrins, san Jacz!*» et de leurs jambes fatiguées assez d'énergie pour accélérer.

Les deux hommes parvinrent au pont les premiers et attendirent les pèlerins. Ils allaient à Valmagne, en effet, et préféraient voyager avec un groupe. Ils n'étaient ensemble que par hasard. Ils s'étaient rencontrés en chemin. Le propriétaire de l'âne était bien colporteur, mais son compagnon était troubadour. Ne possédant que son psaltérion et l'eau de sa gourde, il allait de château en château tirer de l'ennui les seigneurs oisifs.

Surpris de voir les pèlerins venir de cette direction, ils voulurent savoir d'où ils sortaient. Montreau raconta le rocher éboulé, le sentier dans la montagne, le plateau et la capitelle, mais il ne dit mot de Salvetat, et personne n'en parla. Le colporteur, qui connaissait le plateau de longue date, ne s'expliquait pas pourquoi ils avaient mis autant de temps à le franchir : il n'était pas si vaste. Il devait y avoir quelque diablerie là-dessous, suggéra-t-il avec un air de les soupçonner de crimes inavouables. Cette pâture était inutilisée depuis longtemps : elle était trop maigre. Sans doute les esprits mauvais avaient-ils pris possession du lieu puisqu'il était abandonné des hommes. Il sembla soulagé de pouvoir leur dire qu'ils ne se fréquenteraient pas longtemps : leur but était à une demi-journée de marche. La joie de l'apprendre donna aux pèlerins l'illusion que la faim et la soif étaient moins aiguës, mais cela ne dura pas, et le reste du chemin fut très dur pour les corps épuisés de famine et les pieds ensanglantés.

CHAPITRE X

Sise au pied d'un amoncellement rocheux, l'abbaye de Valmagne, surgie dans le couchant, apparut comme un miracle. D'obédience cistercienne, elle affichait sa vocation agricole. Les abords n'étaient que vignes, oliviers et champs de seigle, et cette évidente prospérité, gage de bons repas à venir, permettrait d'oublier les terreurs et la faim.

À cause de leur état de faiblesse, les jacquaires avaient mis plus de temps que prévu pour y parvenir. La perspective d'une deuxième nuit dans la nature, qui effrayait tout le monde, les avait incités à aller jusqu'à la limite de leurs forces. La tension ne se relâcha que lorsqu'ils eurent franchi les portes, ce qu'ils firent juste avant la fermeture pour la nuit.

Les voyageurs reçurent l'accueil habituel : les convers s'empressèrent de les nourrir, de leur désigner les dortoirs, de leur attribuer des paillasses et de soigner les blessés. Mais les arrivants ne pouvaient cacher longtemps leurs mésaventures. L'évidente déshydratation, la façon dont ils se jetèrent sur leurs écuelles, les pieds exagérément meurtris, tout chez ces gens disait la détresse, l'inquiétude et le malheur. Les moines commis à leurs soins posèrent des questions, auxquelles ils obtinrent des réponses fragmentaires mais suffisantes pour que, dans l'heure qui suivit leur arrivée, tout le couvent bourdonne de curiosité : du tourier à l'apothicaire, des scribes au cellérier, les jacquaires les virent tous arriver, avides de précisions sur le mort et le loup-garou.

Pendant ce temps, frère Augustin relatait toute l'affaire au supérieur du couvent, un homme de haute taille, jeune encore, qui marchait à grandes enjambées dans le déambulatoire du cloître où il avait entraîné les dominicains. Il avait passé la journée à vérifier des comptes avec le prévôt et il lui fallait se dégourdir les jambes. Ses hôtes, au contraire, n'aspiraient qu'au repos, mais n'osaient pas se plaindre. Il ne s'en aperçut que lorsque frère Louis, moins endurci que son compagnon, eut une faiblesse. Le supérieur leur présenta ses excuses et les fit asseoir entre deux colonnes tandis qu'il restait debout à les écouter.

La théorie du loup-garou, qui avait beaucoup de succès dans la cour du monastère, ne rencontrait ici que scepticisme. À la demande du supérieur, frère Augustin passa ses compagnons en revue dans l'espoir de faire apparaître des éléments qui permettraient d'identifier le coupable. Il était du devoir des religieux de le démasquer, car ils ne pouvaient, en conscience, laisser les jacquaires poursuivre leur route en compagnie d'un meurtrier. Ils ne doutaient pas de trouver ce dangereux personnage parmi les pèlerins. Chez les hommes, vraisemblablement, car Salvetat était robuste malgré son âge, et il était douteux qu'une femme ait eu la force de le tuer à mains nues.

En deux jours de route, le dominicain n'avait pas eu beaucoup d'échanges avec les jacquaires, mais il avait pris le temps de les observer. Le plus suspect était Artigues, puisqu'il avait eu un affrontement avec la victime, qu'il avait menacée de mort. D'ailleurs, sa probité n'était pas évidente : pour faire profession du noble état de pèlerin, il fallait être un aventurier. Mais il niait farouchement, disant que ses paroles avaient dépassé sa pensée sous le coup de la colère, ce qui, il fallait bien l'admettre, arrive souvent. Le meurtrier pouvait être quelqu'un d'autre, car bien des gens, dans cette caravane, n'avaient pas l'air à leur place. D'abord, les mercenaires, manifestement dépourvus de piété. Pourquoi avaient-ils choisi de s'intégrer à une caravane de pèlerins ? Pour les détrousser ? En cette saison, les soldats n'étaient pas en peine de trouver à s'employer : les guerres entre voisins allaient bon train chez les petits féodaux depuis que les routes étaient sèches. En hiver, on eût pu comprendre leur désir de faire partie d'un groupe bénéficiant de la charité des moines, mais en été ? La jeune femme qui leur tournait autour ne valait guère mieux : à n'en pas douter, c'était une fille légère qui voulait exercer son métier en se rendant en toute sécurité de ville en ville. Cependant, il était peu probable qu'elle soit coupable, à cause de sa reconnaissance envers Salvetat qui lui avait sauvé la vie en l'empêchant de manger les baies de redoul. On pouvait aussi écarter le maréchal-ferrant : il avait perdu l'usage de sa main droite à la suite d'un accident et il était malhabile avec la gauche, ce qui en faisait un infirme. Incapable de faire un pas sans son guide, l'aveugle ne pouvait pas être le meurtrier lui non plus. Il fallait s'en méfier quand même, car il était de ces exaltés qui font du tort à l'Église en prenant les commandements au pied de la lettre. Avec ces gens-là, l'hérésie n'est jamais loin. À propos d'hérétiques, le tisserand et son neveu formaient un curieux attelage : ils ne semblaient pas appartenir à la même classe sociale. Le blanc-bec affichait parfois de curieux airs hautains et un comportement de guerrier. Il ne fallait pas oublier qu'aux beaux jours du catharisme les tisserands avaient fourni nombre d'adeptes : ils en faisaient peut-être partie. Quoique, venant de Montpellier, c'était moins probable que s'ils avaient été originaires du Carcassès ou de l'Albigeois : en trois ans d'interrogatoires, l'Inquisition n'en avait pratiquement pas trouvé dans cette ville. S'ils étaient inféodés à l'hérésie, les deux cathares repenties pourraient aider à les démasquer : il y avait de bonnes chances qu'elles aient remarqué chez eux des comportements significatifs et qu'elles veuillent en profiter pour montrer la qualité de leur conversion en les dénonçant. Quant aux marchands, c'est connu, ils forment une engeance peu estimable ; or, le groupe en comportait trois : le meunier, l'orfèvre et le banquier.

— Si je vous entends bien, commenta le supérieur avec ironie, ils sont presque tous suspects. Nous voilà bien avancés. Toutefois, si Salvetat a été tué parce qu'il n'a pas partagé son repas et si certains pèlerins avaient de la nourriture qu'ils ont mangée en cachette, on doit pouvoir exclure ces derniers. Évidemment, soupira-t-il, il n'a peut-être pas été tué pour ça, et ils restent des coupables possibles. Récapitulons : les trois marchands, les deux tisserands, les deux mercenaires et le pèlerin stipendié. Ça fait huit. Nous ne sommes pas au bout de nos peines. Est-ce que Salvetat connaissait déjà quelqu'un avant de se joindre à la caravane ?

Le dominicain l'ignorait. Le supérieur poursuivit :

— Il ne me reste qu'à les questionner tous jusqu'à ce que la vérité apparaisse, y compris les femmes, qui ont peut-être vu quelque chose. Vous assisterez aux interrogatoires. Ça va être long, mais il faut, de toute façon, qu'ils reprennent des forces.

CHAPITRE XI

L'hôpital qui accueillait les hôtes de passage était situé à l'écart des lieux fréquentés par les moines de manière à ne point les troubler dans leurs dévotions, leurs activités ou leur sommeil. Cela arrangeait tout le monde, car les jacquaires, s'ils avaient fait vœu de pèlerinage, ne s'étaient pas pour autant voués à l'austérité. Les soirées à l'étape étaient souvent joyeuses. Ce fut le cas de ce premier soir. Épuisés, les nouveaux venus auraient préféré se coucher après le repas, mais ils n'étaient pas les seuls hôtes de Valmagne et, bon gré mal gré, ils se laissèrent entraîner par la gaîté du petit groupe qui écoutait Court-les-chemins, le troubadour avec lequel ils avaient fait la dernière partie du trajet. C'était un joyeux luron qui avait plus d'un tour dans son sac, et qui chanta, pour le bonheur des assistants, des histoires mettant en scène de belles dames adultères et leurs amants. L'aveugle s'insurgea vertement, mais il se heurta à l'hostilité générale. Après l'atmosphère de drame qui avait pesé si lourd, la détente était la bienvenue et les pèlerins entendaient en profiter. Montreau le lui signifia, et il répondit sur le même ton comminatoire :

— Chantez alors des cantiques à la gloire de Dieu au lieu de célébrer le péché.

— Peu importent les paroles, répliqua Montreau, c'est une distraction innocente. Il ne faut pas voir le mal partout. Certains divertissements sont sans danger, celui-ci en est un.

Feuillant se drapa dans sa dignité et s'en alla vers sa couche, flanqué du jeune André à qui il avait ordonné de le suivre. L'enfant muet qui, visiblement, aurait préféré rester, ne put retenir un geste de colère et de ressentiment.

Le troubadour enchaîna avec une série de refrains populaires, que les assistants chantèrent avec lui. Puis l'un d'eux, sans doute excité par les rumeurs, lui demanda s'il connaissait une histoire de loup-garou. Il acquiesça et se mit à déclamer, au déplaisir des jacquaires, qui auraient préféré un sujet différent :

Je vais vous dire un lai que j'ai appris dans les cours du nord. Les Bretons l'appellent Bisclavret et les Normands, Garou. Autrefois, il arrivait souvent que les hommes deviennent loups-garous et gîtent dans les bois. Le loup-garou est une bête sauvage. Tant qu'il est possédé de cette rage, il dévore les gens. En Bretagne demeurait un beau et brave chevalier qui se conduisait noblement. Il était le familier de son suzerain et aimé de tous ses voisins. Son épouse, fort séduisante, était une femme de grand mérite. Il l'aimait et elle l'aimait. Mais une chose inquiétait beaucoup la dame: son mari disparaissait mystérieusement trois jours par semaine, et elle craignait qu'il lui soit infidèle. Un jour elle se risqua à l'interroger. Il finit par avouer:

— Ma Dame, je deviens loup-garou et je me tapis dans la forêt où je vis de proies et de rapines*.

---

* D'après le *Lai de Bisclavret* de Marie de France.

Court-les-chemins avait une belle voix, basse et chaude, et savait en jouer pour captiver son public. Sa présence à la maison des hôtes du monastère était une aubaine : les pèlerins n'avaient pas souvent l'occasion de se faire raconter des histoires, et ils étaient d'autant plus avides d'entendre celle-ci qu'elle touchait à ce qui était devenu pour eux un thème d'actualité.

Passé le premier moment de stupeur, sa femme lui demanda s'il demeurait habillé dans ces périodes-là.

— Ma Dame, j'y vais tout nu.

— Et dites-moi, que faites-vous de vos vêtements?

— Ma Dame, cela je ne puis vous le dire, car si cela venait à se savoir et qu'on me les dérobe, je resterais loup-garou pour toujours. Je n'aurais pas de recours tant qu'ils ne me seraient pas rendus.

Lorsqu'il rapportait les paroles d'un personnage, Court-les-chemins le mimait. Il avait le talent de transformer son visage de telle façon que l'on croyait voir à son gré la dame ou le chevalier. Au cours des dernières répliques, il avait su montrer la noblesse du seigneur et l'hypocrisie de sa femme, laissant présumer qu'elle avait en tête une action félonne. Tous étaient pendus à ses lèvres en attente de la suite, y compris les jacquaires, dont les réticences n'avaient pas tenu longtemps. Mais en homme de métier qui sait ménager ses effets, le récitant s'interrompit et partit se coucher en promettant de continuer à la prochaine veillée. Ils le suivirent jusqu'à sa paillasse, mais il repoussa leurs supplications dans un bâillement ostentatoire. Les plus déçus étaient les pèlerins revenant de Compostelle, qui seraient privés de la suite puisqu'ils s'en allaient le lendemain vers Montpellier.

CHAPITRE XII

Les quelques jours de pause annoncés au petit-déjeuner faisaient l'affaire de Lézat : cela lui donnerait le temps de prendre contact avec l'homme dont on lui avait donné le nom. Il n'aurait pas de mal à s'éclipser : l'abbaye était fort peuplée, et les va-et-vient continuels. Lorsqu'il apprit que le supérieur avait l'intention d'interroger tous les jacquaires en vue d'élucider l'assassinat de Salvetat, il entraîna Julien au fond de l'enclos du couvent. Ils devaient absolument s'accorder sur ce qu'ils allaient dire. Le bosquet d'oliviers qui fournissait l'huile des moines était assez touffu pour se cacher. Ils s'assirent sous les arbres, adossés aux troncs noueux, et répétèrent ce qu'ils avaient précédemment mis au point : ils étaient tisserands à Montpellier – la vérité en ce qui concernait Lézat. Pas un mot de la cour d'Aragon, tellement familière à Julien, car si Montpellier était une enclave aragonaise au milieu des sénéchaussées royales, Jacques d'Aragon y séjournait peu, et il aurait été anormal pour un Montpelliérain de bien connaître son entourage. Le lien avec le vicomte aurait été vite fait. Dans le cas où l'habileté de Julien aux armes aurait été remarquée, ils l'attribueraient à sa fonction antérieure de valet d'un jeune seigneur. Quant à l'aïeul pour lequel ils allaient à Compostelle demander l'intercession du saint, il était censé avoir le bas du corps paralysé. Dans le cas où il serait besoin de préciser son état, ils n'avaient qu'à s'inspirer de Maria Belcaire.

— Et si c'est nous qu'on soupçonne de l'avoir tué ? dit Julien.

Lézat eut l'air étonné :

— Il n'y a aucune raison, n'aie pas peur de ça.

Par curiosité, Julien avait tendu une perche pour savoir si Lézat était responsable de la mort de Salvetat, mais il en fut pour ses frais : le tisserand n'en dit pas plus que sur le causse. Le jeune homme n'insista pas : la seule chose qui comptait était leur mission.

Pour l'accomplir, il fallait aller au village rencontrer le tisserand. Il ferait courir la nouvelle par l'intermédiaire du parfait qui viendrait chercher son travail. Étienne se proposait d'y aller le jour même. Quand ils eurent fait le tour de la question, ils rentrèrent au couvent du pas nonchalant de deux hommes qui avaient eu la curiosité de visiter le verger du monastère.

Vu les circonstances, les jacquaires étaient tous logés dans l'enceinte du couvent. Le supérieur, qui était aussi le seigneur temporel du village, voulait les avoir à discrétion. Habitués aux aises de l'auberge, les marchands avaient maugréé, mais sans succès, et ils durent s'accommoder de l'inconfort ordinaire. Julien, lui, était content : Fabrissa Montreau resterait dans les parages.

Le voisinage du monastère obligeait les cathares du village de Valmagne à la plus grande prudence, mais les parfaits y venaient quand même, et Lézat apprit de son homologue qu'ils attendaient justement un bonhomme pour ce soir-là. Il pourrait le rencontrer et propager l'information qu'il apportait beaucoup plus vite qu'il ne l'avait escompté. Le tisserand lui dit aussi que la réunion n'aurait pas lieu dans sa maison : suspecté d'hérésie, il était très surveillé. Les vrais chrétiens se retrouveraient chez le prévôt. Malgré ses bonnes relations avec le monastère, c'était un cathare fervent, ce dont les catholiques ne s'étaient jamais douté. Ses entrées au monastère avaient évité bien des malheurs à la petite communauté rebelle, car il était toujours au courant de ce que savaient les moines et pouvait avertir ses comparses d'avoir à se mettre à l'abri.

Lézat n'avait pas très envie d'emmener Julien : il n'arrivait pas à lui faire confiance. Non qu'il le croie capable de trahir, loin de là : le jeune garçon avait acquis à la mamelle la loyauté et le sens de l'honneur, mais il n'était pas sérieux. Trop jeune, trop impulsif, persuadé que tout se règle à la pointe de l'épée — et d'avoir été privé de la sienne ne changeait rien à son attitude —, il était dangereux dans une situation où il fallait agir à couvert et être prêt à tricher avec la vérité pour se tirer d'affaire. Julien, pour sa part, se serait bien passé d'assister à une ennuyeuse réunion de paysans. Il serait allé volontiers chez un seigneur : ils auraient pu parler de campagne militaire, d'exploits guerriers, de son père peut-être, et de l'avenir glorieux que leur réservait la future reconquête. Mais le prêche du parfait l'ennuyait par avance, et sa bénédiction ne lui paraissait pas indispensable puisqu'il avait reçu celle du protégé de sa mère avant de partir, il y avait quelques jours à peine. Il souhaitait demeurer au couvent pour passer la soirée avec les jacquaires. Ainsi, il entendrait la suite du *Lai de Bisclavret* et resterait dans les environs de Fabrissa, à qui il aurait peut-être l'occasion de parler. Il n'eut pas de mal à convaincre Lézat que l'absence d'un seul d'entre eux serait moins remarquée que celle des deux. Leur soulagement fut égal.

CHAPITRE XIII

Pour des raisons de préséance, le supérieur appela d'abord Montreau. L'orfèvre aurait été froissé de ne pas être entendu le premier, ce que le religieux voulait éviter, car il s'agissait d'un homme riche et pieux, susceptible de faire un legs important à un monastère de son goût. Il l'eut vite jugé : trop pénétré de son importance pour se préoccuper de ses semblables, Montreau n'avait rien d'intéressant à dire. Selon lui, si le meurtre avait été commis par un homme, c'était par Artigues puisque celui-ci avait menacé de tuer Salvetat. Cependant, suggéra-t-il en se grattant machinalement, ce n'était peut-être pas un humain qui avait fait ce massacre horrible, mais une créature démoniaque. Le supérieur ne releva pas et revint à Artigues : comme ils avaient partagé leur quart de garde, il pensait que Montreau saurait des choses. Mais l'orfèvre lui apprit qu'ils n'avaient pas conversé : il ne se commettait pas avec ce genre d'individu. Il s'était contenté de le guetter du coin de l'œil pour vérifier qu'il ne s'endormait pas.

Le religieux ne perdit pas de temps avec lui : après l'avoir remercié pour son aide, qu'il qualifia de précieuse, au grand plaisir de son interlocuteur, il convoqua dans la foulée tous les notables, également pour ne pas les froisser, mais sans grande illusion. Le banquier et le marchand, hommes pragmatiques, ne croyaient guère à l'intervention du Malin. Ils étaient persuadés qu'Artigues avait fait le coup, quoiqu'ils n'eussent pas la moindre preuve, hormis la menace de mort proférée par celui qu'ils accusaient, si toutefois c'en était une. Rien pour éclairer les faits. Le maréchal-ferrant et le meunier étaient plus enclins à croire au loup-garou, le meunier surtout. Parce qu'il avait l'habitude de se lever avant le jour, il avait plus d'une fois entendu des choses bizarres et inquiétantes qui, selon lui, n'étaient pas de ce monde.

Les amours-propres ménagés, le supérieur pouvait enfin interroger Artigues, le plus susceptible d'avoir voulu tuer Salvetat selon les précédents témoignages. L'homme arriva. Chafouin, méfiant, incapable de fixer son regard, il n'inspirait ni la confiance ni la sympathie. Mais le cistercien savait qu'il ne devait pas se fier aux apparences. Que cet individu ne fût d'évidence pas un modèle de probité n'en faisait pas pour autant un criminel. À chaque question, Artigues jetait un regard en coulisse aux dominicains avec l'air de se demander ce qu'ils savaient et dans quelle mesure il pouvait mentir. Visiblement, il aurait préféré que ses compagnons de route soient ailleurs. Pour débuter, il lui fallut donner des renseignements sur lui-même. Il venait de Beaucaire, avait femme et enfants, et c'était son quatrième pèlerinage rémunéré. Le premier bourgeois qu'il avait remplacé n'avait pas le temps d'accomplir son vœu à cause de ses affaires. Les deux suivants étaient invalides. Le dernier était mort. Avant de passer, il avait fait promettre à ses héritiers de payer quelqu'un pour faire la route à sa place. Artigues avait bonne réputation, ils s'étaient adressés à lui.

Les religieux affichèrent un air sceptique : la bonne réputation de l'individu leur paraissait hautement improbable.

Artigues s'était joint aux pèlerins à Montpellier, puisque c'était là que la caravane s'était formée. Il n'avait jamais vu Salvetat auparavant. Il ne l'avait même pas remarqué avant qu'il vienne les narguer avec sa perdrix rôtie.

— Tout le monde avait envie de le tuer à ce moment-là, affirma-t-il avec force.

Un des dominicains toussota. Artigues lui jeta un regard noir.

— On avait faim, ça sentait bon, il mangeait devant nous. Par Dieu ! on n'en pouvait plus.

— Et vous vous êtes jeté sur lui.

— Je n'ai pas pu résister. J'en avais trop envie.

— On vous a retenu pour vous empêcher de le tuer à ce moment-là.

— Je voulais lui prendre sa viande, c'est tout. Je ne l'aurais pas tué. Je n'ai jamais tué.

— Pourtant, pendant la nuit, vous l'avez guetté, et quand il s'est levé, vous l'avez suivi.

— Non ! ce n'est pas vrai ! Je dormais. J'ai eu du mal à trouver le sommeil parce que j'avais faim. Les autres aussi, d'ailleurs. Tout le monde remuait et soupirait. C'est dur de s'endormir le ventre vide. Mais quand j'y suis arrivé, je n'ai plus bougé jusqu'à ce que Salines me réveille.

— Il a pourtant été tué.

— Pas par moi. Moi, je n'y suis pour rien. Je suis un honnête pèlerin.

Le supérieur le renvoya en lui précisant qu'il devait demeurer au couvent tant qu'on ne lui aurait pas donné l'autorisation de le quitter.

Les religieux n'auraient pas parié sur l'innocence d'Artigues, mais ils n'auraient pas affirmé non plus qu'ils tenaient l'assassin. Lorsque cet homme avait menacé de tuer Salvetat, il avait assurément envie de le voir mort. Mais de là à passer à l'acte quelques heures plus tard… Frère Augustin se souvenait de la couardise d'Artigues lorsque celui-ci avait refusé de marcher vers ceux qu'ils prenaient pour des bandits. Malgré son âge, le berger était fort et vigoureux, et il avait de bons réflexes puisqu'il avait frappé l'homme qui volait son repas. Le pèlerin de métier aurait-il eu le courage de l'affronter alors qu'il n'était plus sous le coup de la colère ?

CHAPITRE XIV

Les hérétiques de Valmagne entrèrent furtivement chez le prévôt. Ils attendirent pour cela que la nuit fût tombée, ce qui survient tard en été. Lézat, qui n'était pas remis de la fatigue des deux derniers jours, se félicita d'avoir fait la sieste dans le verger. La demeure du prévôt était pleine d'hommes, de femmes et d'enfants de tous âges, mais de modeste condition. Il y avait là les paysans et les artisans des environs qui adhéraient à la religion des bonshommes. Pour les seigneurs, il faudrait aller dans les châteaux.

Le parfait quitta sa cache. N'eussent été de sa barbe et de ses longs cheveux, il eût pu passer pour un bénédictin avec sa longue robe noire. Les gens le saluèrent en faisant les trois génuflexions rituelles. Il leur répondit en les bénissant, nomma chacun par son nom et montra à tous une considération égale. Puis il prêcha, et ils l'écoutèrent sans perdre aucune des précieuses paroles qu'ils avaient trop rarement l'occasion d'entendre.

Selon la coutume, il s'en prit d'abord à l'Église catholique. Ses yeux brillaient dans son visage maigre et ses gestes scandaient son indignation.

Il y a deux Églises, dit-il la voix âpre, *l'une fuit et pardonne, l'autre retient et écorche. Celle qui fuit et pardonne suit la droite voie des Apôtres, elle ne ment ni ne trompe. Et cette église qui retient et écorche est l'Église romaine*[*].

L'attention des fidèles était totale, leur approbation également.

L'Église romaine est cette Babylone que Jean dans l'Apocalypse appelle la mère de fornications et d'abominations, ivre du sang des saints et des martyrs de Jésus-Christ. Jamais le Christ ni les Apôtres n'ont institué ni défini le rite de la messe tel qu'il se célèbre aujourd'hui. Tout dans l'Église romaine est inadéquat. Elle accumule les signes extérieurs de richesse: vous n'avez qu'à regarder les bâtiments du monastère de votre village. Le culte de la croix et des images n'est qu'idolâtrie. Tous ceux qui ululent dans les églises en chantant des chants d'Église abusent le peuple crédule.

Les gens, convaincus, hochaient la tête. L'ennemie fustigée, la voix du prédicateur se fit plus douce pour célébrer la vérité.

Seuls les parfaits sont la vraie Église de Dieu, et l'Église de Dieu n'est que dans les bonshommes et les bonnes femmes. Aucun lieu consacré ne lui est nécessaire. Comme Dieu est partout, on peut le prier et l'adorer partout.

Le religieux inspirait à ces hommes et à ces femmes qui l'écoutaient admiration et respect : il était si détaché des vanités de ce monde! Les ambitions humaines le laissaient indifférent : il ne briguait ni pouvoir ni richesse, méprisait les plaisirs de la chair, n'accordant à son corps que le minimum vital. Il pratiquait au plus juste l'Évangile de Jean, si galvaudé par les catholiques tout occupés à augmenter leur prospérité. Il parla encore longtemps, de

---

[*]   D'après les *Registres d'Inquisition* de Jacques Fournier.

charité et de justice, et ils l'écoutèrent dans une atmosphère de recueillement que pas un bruit, pas une parole, pas une manifestation de lassitude ne vint troubler.

Quand il eut terminé, il se tourna vers Lézat, qu'il présenta, même si tout le monde savait déjà qui il était, car le bouche à oreille avait fonctionné dès que le messager de Trencavel avait pris contact avec le tisserand.

— Nous avons parmi nous ce soir un émissaire de notre seigneur légitime. Écoutons ce qu'il a à nous dire.

Les regards convergèrent vers Étienne, qui leur annonça la décision du vicomte d'attaquer l'usurpateur avant les vendanges. La satisfaction et l'espoir éclairèrent les visages des assistants. On sentait qu'ils auraient voulu manifester leur joie plus bruyamment, mais, pour des raisons de sécurité, ils étaient tenus à la réserve. Tous souhaitaient le retour de Trencavel qui protégerait les vrais chrétiens. Avec lui, il ne faudrait plus se cacher. Pour cette raison, ils le soutiendraient de leur mieux. C'était encourageant, songea Étienne, même si cela ne représentait pas un appui très utile vu qu'il n'y avait là que des gens humbles, alors que c'étaient des guerriers qu'il fallait gagner à la cause pour renforcer l'armée. Mais c'était un début, et le bonhomme irait transmettre le message aux seigneurs des alentours.

Plus critique, plus informé aussi, le religieux posa à Lézat des questions pour lesquelles son interlocuteur aurait préféré avoir des réponses différentes :

— Le roi d'Aragon va-t-il soutenir la campagne ?

— Jacques d'Aragon y est très favorable et l'encourage beaucoup.

— Mais il n'y aura pas de sa part autre chose que des mots, n'est-ce pas ?

— Il n'a pas promis de soldats, c'est vrai. Mais le vicomte espère beaucoup du comte de Toulouse.

L'expression de son visage prouva que le parfait n'y comptait pas trop. Il ne semblait pas avoir grande confiance en Raimond, qui avait signé le traité de Meaux, par lequel il avait cédé une fraction importante de son autorité au pape et au roi de France. De plus, en échange de sa reddition, il avait accepté une part des dépouilles de Trencavel, qu'il s'était annexées sans scrupules. Lézat, qui voulait éviter de voir le doute s'insinuer dans l'esprit des gens, soutint que le comte de Toulouse, mis devant le fait accompli et convaincu par la force de l'appui du peuple, saisirait l'occasion de chasser l'envahisseur en soutenant son vassal. Après tout, il avait déjà essayé autrefois de reconquérir ses domaines : un traité signé sous la pression ne l'arrêterait pas. Le bonhomme n'insista pas. Étienne comprit qu'il ne l'avait pas persuadé, mais qu'il préférait ne pas argumenter : il ne devait pas se sentir le droit de semer le découragement alors que peut-être il se trompait.

CHAPITRE XV

Pendant ce temps, à l'hôpital du monastère, les jacquaires, réunis autour de Court-les-chemins, écoutaient la suite du *Lai de Bisclavret*. Le troubadour avait eu la coquetterie de se faire prier, prétendant qu'il n'était pas en voix, que sa mémoire défaillait, qu'il n'était pas sûr que cela intéressât vraiment tout le monde. Il faisait des mines, rejetait d'un geste mièvre des cheveux bouclés châtain-roux dont il prenait visiblement soin. Il fit bien monter le désir qu'ils avaient de l'entendre, puis finit par dire, pressé de toutes parts, qu'il ne travaillait pas gratis. Ses auditeurs, lorsqu'ils étaient ses hôtes, le nourrissaient, le logeaient et l'habillaient. Il montra sa vêture, qui prouvait, par la qualité du tissu, son ancienne appartenance à plus riche que lui, même s'il était patent qu'elle avait connu des jours meilleurs. Quand il se produisait sur les places des villes, les chalands réunis pour l'entendre mettaient une obole dans son escarcelle. La veille au soir, eu égard à leur état de jacquaires, il n'avait rien demandé, mais c'était son gagne-pain, il fallait le comprendre. Les pèlerins qui vivaient de charité se tournèrent vers ceux qui avaient du bien. Poussé par sa fille, Montreau fut le premier à mettre une piécette et, bon gré mal gré, sous la pression unanime, suivirent les artisans et les marchands. Lorsqu'il se jugea suffisamment payé, Court-les-chemins reprit son récit. Il ne les déçut pas : il semblait vivre l'aventure qu'il contait et vibrer des mêmes émotions que ses personnages.

La dame pressa tant son époux qu'il finit par avouer où il laissait ses vêtements lorsqu'il se transformait en loup-garou.

— Près du chemin que j'emprunte, il y a une vieille chapelle et, tout à côté, sous un buisson, une large pierre creuse. J'y dépose mes habits jusqu'à mon retour à la maison.

La dame, qui n'aimait plus son mari et avait envie de s'en débarrasser, réfléchit au moyen d'utiliser ce qu'elle était parvenue à apprendre. Elle pensa à un chevalier de la contrée qui l'aimait depuis longtemps et l'assaillait d'offres de service. Elle l'envoya chercher, lui raconta tout et lui promit son amour et sa fidélité s'il allait dérober les habits de son époux.

Le troubadour ménageait un silence, puis il pinçait une corde de manière à accroître l'intensité dramatique. Ses auditeurs, qui l'écoutaient passionnément, furent brutalement tirés de leur plaisir par les imprécations de l'aveugle. La veille, Feuillant avait choisi de ne pas écouter. Cette fois, au contraire, il s'était glissé à la limite du cercle sans qu'on le voie approcher et s'abandonnait à un courroux qu'il ne pouvait contenir :

— Pèlerins de peu de foi, vous écoutez un charlatan. Il a l'air de vous raconter une belle histoire, mais c'est du Diable qu'il vous parle. Le loup, c'est le Diable lui-même. Cette femme adultère qui veut la perte de son époux, c'est une louve. Souvenez-vous qu'on appelle louves les femmes dévergondées qui détruisent les bonnes qualités des hommes. Vous refusez de le voir, mais parmi vous, il y a une de ces femmes. Vous l'accueillez comme si elle était vertueuse alors que ce qu'elle veut, c'est entraîner tous les hommes sur la voie du mal.

Il était parti pour prêcher longtemps, mais la transparente allusion à Fays suscita des réactions qui, si elles étaient divergentes, n'en étaient pas moins vives. Alors que les femmes approuvaient l'anathème, à l'exception de Fabrissa qui restait coite, les hommes soutenaient la jeune femme à des degrés divers : il y avait ceux qui lui voulaient du bien et ceux qui ne lui voulaient pas de mal. Parmi les premiers, se trouvaient les mercenaires et Artigues, tandis que les hommes respectables se rangeaient dans la deuxième catégorie. Le tumulte était grand, augmenté par la voix stridente de Fays qui hurlait sa colère de se voir prise à partie alors qu'elle n'avait rien fait.

Julien faillit se lancer dans l'arène pour la soutenir quand il se souvint opportunément qu'il attirerait l'attention sur l'absence de Lézat s'il se faisait remarquer. Il se força à observer la scène avec détachement et s'aperçut qu'il n'était pas seul à ne pas prendre parti : Fabrissa non plus ne disait rien. Leurs yeux se rencontrèrent, et ils se sentirent de connivence. Julien voulut profiter de l'avantage et alla vers elle pour lui parler. Mais les jacquaires avaient fait un tel raffut qu'ils avaient alerté le moine de garde dans leur bâtiment : il vint les rappeler à l'ordre en leur reprochant de se comporter dans une maison de Dieu de la même manière que sur un champ de foire. Honteux, ils regagnèrent leur couche. Julien, qui était prêt à rejoindre Fabrissa, dut s'en éloigner. Dans son dernier regard, le jeune homme exprima sa déception et ses regrets, mais il y eut un éclat moqueur dans celui de la jeune fille. Julien en fut désorienté. Il pensait à elle sans arrêt depuis Montpellier sans avoir vraiment lié connaissance. Alors, l'imagination palliait l'ignorance, et il se faisait un portrait de Fabrissa dans lequel la sensualité le disputait à la douceur pour la plus grande satisfaction de son amoureux, en l'occurrence lui-même. De ce fait, lorsqu'il se heurtait à la réalité, il avait l'impression – et pour cause – que ce n'était plus de la même jeune fille qu'il s'agissait.

Il se tourna et se retourna sur sa paillasse, troublé par le comportement versatile de Fabrissa qu'il essayait d'interpréter. Il était habitué à fréquenter de jeunes guerriers pour lesquels tout était aussi tranché que sa religion : bien ou mal, blanc ou noir, facile à comprendre. Les changements d'attitude que la jeune fille multipliait le déconcertaient et l'obligeaient à réfléchir, une activité à laquelle il n'était pas accoutumé et qui le perturbait jusque dans son sommeil, phénomène tout à fait nouveau.

CHAPITRE XVI

La table était bonne à l'abbaye de Valmagne. La soupe de fèves ou de pois tenait au corps, le pain n'était pas compté, le fromage et les œufs ajoutaient à l'ordinaire un luxe inhabituel et le claret ne piquait pas. Les jacquaires appréciaient la bonne vie qui leur était faite. À part l'aveugle qui s'emportait contre un confort incompatible avec l'état de pèlerin, ils prenaient du bon côté l'obligation de rester sur place. Ceux qui le pouvaient donnaient un coup de main aux convers selon leurs connaissances et leurs talents.

Julien avait proposé ses services à l'écurie. Les chevaux lui manquaient et l'état de piéton l'humiliait : depuis qu'à l'âge de sept ans il avait appris à monter, jamais l'idée de marcher ne l'avait effleuré. Il était tellement content de retrouver l'odeur des chevaux que rien ne le rebutait et qu'il faisait volontiers les tâches de nettoyage qui incombaient aux valets – ce qu'il était censé être. Il avait espéré que Fabrissa Montreau serait plus accessible que lorsqu'ils marchaient, mais il avait eu le dépit de constater que c'était l'inverse : il ne la voyait qu'aux repas et à la veillée. Elle avait été affectée aux travaux d'aiguille et ravaudait les robes ecclésiastiques avec les cathares repenties et les religieuses, voisinage austère s'il en fut, et qui l'ennuyait à périr. Fays ne s'était pas laissé embrigader dans cette sinistre compagnie. Prétendant qu'elle ne savait pas coudre, elle travaillait au potager avec les hommes. Montreau, qui ne se serait pas abaissé à manipuler un matériau moins noble que l'or, s'était libéré des tâches manuelles par un don et passait son temps au scriptorium à regarder œuvrer les enlumineurs. Maria Belcaire était renvoyée de place en place, sous prétexte qu'ailleurs elle serait à l'abri du soleil ou des courants d'air, à la suggestion de ceux qui ne pouvaient plus endurer sa malveillance criarde. Même l'aveugle, qui arpentait le verger en psalmodiant des prières, s'arrangeait pour l'éviter.

Le prieur apparaissait sporadiquement. Il venait chercher un des jacquaires pour le conduire chez le supérieur, qui consacrait une partie de ses matinées aux interrogatoires. Ce moine au visage ascétique se renfrognait chaque fois un peu plus en entendant fuser des éclats de rire du carré de choux où Fays était en train de biner en compagnie de Vidian qui la serrait de près. Ceux qui récoltaient les fèves à côté s'arrêtaient quand les rires devenaient plus forts et se faisaient répéter les plaisanteries qu'ils avaient ratées. Artigues n'était pas le dernier à rire, ni Salines, ni Manciet, le maréchal-ferrant qui se désennuyait à les écouter, assis sur une souche. Ne voulant pas attirer l'attention en montrant un sérieux hors du commun, Lézat riait avec les autres. Pour être franc, il dut admettre qu'il s'amusait : quoique un peu osées, les répliques de la jeune femme ne dépassaient pas les bornes, et sa gaîté était communicative. Le prieur, cependant, ne l'entendait pas ainsi, et il ne fut pas long à l'envoyer rejoindre les femmes malgré ses protestations. Si elle ne cousait pas, elle soignerait les poules ou éplucherait les légumes, mais elle n'avait pas à traîner au potager avec les hommes. Ils la virent partir à regret. Elle provoqua un dernier éclat de rire en faisant une grimace derrière le dos du moine qu'elle suivait à quelques pas. Il se retourna, furibond, mais elle affichait un visage lisse qui était l'innocence même et, quoiqu'il ne fût pas dupe, il dut rengainer sa mauvaise humeur et affecter d'être au-dessus de ces sottises.

Fays fut reçue avec froideur par les femmes, qui s'en méfiaient. Pour éviter d'être rabrouée, elle se mit à l'écart d'elle-même et fila sans un mot la laine qu'on lui confia. Fabrissa s'ennuyait : les religieuses ramenaient toute tentative de bavardage à l'infinie bonté du Créateur et les deux repenties renchérissaient dans leur désir de prouver qu'elles étaient désormais loin de leurs errances. Elle avait espéré une complicité avec Flors, mais ce fut peine perdue : la jeune fille était l'ombre de sa mère, laquelle ne relâchait jamais une attention inquiète et suspicieuse. L'arrivée de Fays lui parut un souffle d'air frais. Que la jeune femme eût une liberté d'allure qui prêtait le flanc à la critique lui paraissait plutôt excitant. Élevée par un père facile à abuser et une nourrice qui lui passait tout, Fabrissa était beaucoup plus indépendante que les jeunes filles de cet âge et de cette condition le sont habituellement. Tout l'attirait chez Fays : son insolence, son mépris de l'opinion et son aptitude à saisir les plaisirs qui se présentaient. Fabrissa n'avait pas l'intention de l'imiter, certes : elle avait trop à perdre. Son statut de fille d'un riche artisan était enviable et elle ne courrait pas le risque de le compromettre, mais se frotter un peu à la canaille était plaisant et lui semblait sans danger. Elle fit glisser insensiblement son tabouret vers celui de Fays, qui l'accueillit ironiquement :

— Tu t'ennuies avec les vieilles biques?

Fabrissa pouffa, ce qui lui valut un regard désap-probateur du clan religieux et l'incita à plus de discrétion. Elles parlèrent du troubadour, de l'histoire de Bisclavret, qu'elles n'avaient jamais entendue auparavant et dont elles avaient hâte de connaître la suite et, irrésistiblement, la conversation vint sur le meurtre. Dès qu'elle repensait au cadavre déchiqueté, Fabrissa se mettait à trembler, mais elle ne pouvait s'en distraire bien longtemps car les gens éprouvaient une telle fascination pour ce sujet qu'ils y revenaient sans cesse.

Quand le prieur vint chercher la jeune fille, elles étaient revenues à un bavardage plus léger et il les trouva en train de rire. Tout son visage exprima le blâme. Il profita du trajet jusqu'à la salle où officiait le supérieur pour la mettre en garde contre les femmes de mauvaise vie, dont la fréquentation la déshonorerait. Elle essaya de défendre Fays, dont rien, d'après ce qu'elle avait pu voir, ne prouvait l'indignité, mais il se contenta de répondre que si elle s'obstinait, son père en jugerait. La menace la réduisit au silence.

Fabrissa s'effaroucha à la vue du supérieur et des domi-nicains : ils avaient l'air tellement sévères! D'horribles histoires d'Inquisition qui se chuchotaient autour de la fontaine lui revinrent à l'esprit. Elles concernaient des hérétiques, bien sûr, mais la rumeur disait que les pra-tiques de torture étaient propres à faire avouer n'importe quoi, vérité ou mensonge. Bien qu'elle n'eût rien à se reprocher, elle se sentait vaguement coupable, sans savoir de quelle faute. Frère Augustin lui expliqua ce qu'ils atten-daient d'elle : une relation des circonstances de sa trouvaille pour tenter d'élucider le meurtre. Un peu tranquillisée, elle fit le récit de ce qu'elle avait vu. Elle s'efforça de ne pas trop trembler quand elle dut décrire l'état de Salvetat. Le supérieur, qui savait déjà tout cela, espérait qu'elle aurait vu un élément significatif, et il ne lui épargna aucun détail. Mais elle avait été trop bouleversée pour remarquer quelque chose de particulier, et n'ajouta rien de substantiel au rapport des dominicains. Renvoyée à ses travaux, elle fut incommensurablement soulagée de quitter les sinistres oiseaux de bure.

Fabrissa cherchait un moyen de s'éloigner de Fays sans la blesser, mais lorsqu'elle revint dans la grande salle de l'hôpital, le problème ne se posa pas : la jeune femme avait disparu. Dulcie lui apprit avec une joie méchante qu'elles avaient été débarrassées de sa mauvaise compagnie. Elle était maintenant en train de dévergonder ceux qui travaillaient à la cuisine. Accablée, Fabrissa reprit son ravaudage et se joignit à l'interminable rosaire.

Cependant qu'elle priait machinalement, sa pensée vagabondait. Elle songeait au jeune tisserand qui brûlait de lui faire la cour. Il l'intriguait avec ses airs altiers. Son oncle était très différent. Comme ils étaient toujours ensemble, on ne pouvait éviter de les comparer et de s'étonner. Toujours ensemble ? Pas la veille au soir. Fabrissa se souvint très clairement que Lézat n'était pas avec Julien pour écouter Court-les-chemins. Elle fit mentalement le tour du cercle des auditeurs pour tenter de se remémorer où il se tenait, mais elle ne parvint pas à l'y placer alors qu'elle revoyait tout le monde. Il n'était pas avec eux, elle en était sûre maintenant. Elle se demanda fugitivement où il pouvait être, mais ne s'y attarda pas : ce n'était pas l'oncle qui l'intéressait, mais le neveu.

CHAPITRE XVII

Le supérieur fit appeler les religieuses. Elles ne savaient rien du meurtre, mais parlèrent volontiers des cathares repenties qu'elles avaient prises sous leur aile. Mère et fille respectaient chaque point du rite catholique avec une exactitude et un zèle remarquables. Sincérité ou façade? Elles n'auraient su le dire. Toutefois, ce qui était hors de doute, c'était le manque de charité et le mauvais caractère de Dulcie. Son irritabilité était peut être imputable aux migraines, ce qui lui donnait quelques excuses, mais elle n'en avait pas moins un mauvais fond. Quant à sa fille, elle lui était tellement soumise que sa propre personnalité n'apparaissait pas. Sur Fays, par contre, elles avaient une opinion tranchée : c'était une femme de mauvaise vie. Son comportement aguichant avec les hommes risquait de donner le mauvais exemple aux deux jeunes filles. Elle devrait être exclue de la caravane.

Dulcie et Flors Mallet furent les suivantes. Le religieux ne pouvait se défendre d'un sentiment de méfiance à leur égard, tant parce qu'elles avaient été hérétiques que parce qu'elles avaient abjuré. Les croire sincères lui était difficile. Leur renoncement au catharisme n'était-il pas dû au seul désir d'échapper à l'Inquisition ? Quand il les vit, elles confirmèrent son intuition : tout en elles exsudait la volonté de se faire bien voir à tout prix des autorités ecclésiastiques. Leur veulerie lui inspira une grande répugnance. Ces femmes voulaient tellement lui être agréables que cela rendait douteux tout ce qu'elles pouvaient dire. Elles n'avaient d'ailleurs que des ragots à proposer : le manque d'intégrité supposé d'Artigues, la vulgarité des mercenaires, la probable légèreté de mœurs de Fays, la méchanceté de Maria Belcaire, l'égoïsme de feu Salvetat, la serviabilité suspecte des tisserands, l'autorité abusive de Montreau, la surexcitation de l'aveugle. Il n'y avait rien d'utile là-dedans. Le supérieur interrompit la litanie et, sans nommer Lézat ni son neveu, pour ne pas l'influencer, il demanda son avis à Dulcie : y avait-il des cathares dissimulés parmi les pèlerins ? Elle pâlit, craignant d'être accusée, et elle protesta qu'elle n'en connaissait plus. Jamais elle ne refréquenterait ces gens-là. Elle avait compris son erreur. Elle ne s'éloignerait plus de la vérité, et il en était de même pour sa fille. Celle-ci approuvait d'un hochement de tête frénétique. Interrogée à son tour, elle répéta ce qu'avait dit sa mère, qu'elle regardait craintivement après chaque mot prononcé.

Quand elle s'avisa qu'on ne l'accusait pas, mais qu'on lui demandait de dénoncer quelqu'un, le visage de Dulcie prit une expression madrée, et il fut évident qu'elle cherchait un nom à livrer pour prouver sa loyauté. Elle promit d'être attentive pour repérer d'éventuels hérétiques, et le supérieur lui glissa que souvent les tisserands l'étaient. Dulcie s'empressa de promettre qu'elle surveillerait Étienne et Julien Lézat et qu'elle rapporterait toute attitude anormale.

Le supérieur était satisfait d'avoir contribué à traquer l'hérésie, mais son enquête n'avançait pas. Il lui faudrait peut-être envisager de ne plus retenir les jacquaires : ils coûtaient cher au monastère et troublaient les habitudes. Il y avait une grosse différence entre héberger des pèlerins un soir et les garder plusieurs jours. La présence des mercenaires et de la prostituée le dérangeait particulièrement. Il décida d'accélérer le processus et convoqua les tisserands. Après eux, il interrogerait les soldats et la putain de manière à en finir au plus tôt. S'il ne trouvait rien, il pourrait se dire qu'il avait fait tout ce qui était en son pouvoir. Après tout, si le coupable ne pouvait pas être traduit devant le tribunal des hommes, il n'échapperait pas à celui de Dieu lorsque son heure viendrait. Fort de cette certitude, il décida de laisser partir la caravane sous la tutelle des dominicains, quel que soit le résultat des derniers interrogatoires.

Lézat redoutait de comparaître devant le supérieur de l'abbaye. Le bonhomme avec lequel il avait commencé sa formation de parfait voilà plusieurs saisons lui avait longuement expliqué à quoi il devait faire attention et répété quels étaient les mots et les attitudes à éviter. Dans le verger, il avait redit tout cela à Julien, et il l'avait bien en mémoire, mais à l'heure de vérité, l'angoisse de faillir le tenaillait. On les appela ensemble. Étienne répondit pour eux deux aux questions d'ordre général tandis que Julien affectait l'attitude respectueuse d'un neveu bien éduqué. En ce qui concernait les événements, il s'en tira bien, répondant ce que, à son avis, les autres avaient dû dire. Il raconta la dispute entre Maria Belcaire et Dulcie Mallet, que Dulcie avait occultée, et décrivit l'incident entre Artigues et Salvetat. Quand le supérieur lui demanda s'il pensait que le crime avait été commis par un humain ou une créature du Diable, Lézat, embarrassé, réfléchit très vite à ce qu'il fallait répondre. Sa religion lui avait appris qu'un homme pouvait se réincarner sous la forme d'un animal, mais c'était une étape vers le salut, ce qui n'était pas du tout la même chose : pour ses compagnons de pèlerinage et l'Église catholique, les loups-garous étaient l'incarnation du Démon. Il ne savait trop que dire et opta pour la prudence. Il répondit qu'il était trop ignorant pour avoir un avis. Le supérieur leva un sourcil sceptique. Lézat s'empressa d'ajouter qu'il savait que le Malin peut faire de telles duperies ; alors, dans ce cas-là, pourquoi pas ? Son vis-à-vis parut s'en accommoder et lui posa des questions sur son quart de veille. Lézat l'avait assuré avec Salines. Ils n'avaient pas dormi, et personne n'avait bougé. De quoi avaient-ils parlé ? C'était le mercenaire, surtout, qui avait fait les frais de la conversation. Il avait raconté ses batailles. Le religieux demanda s'il avait précisé les raisons pour lesquelles il s'était joint à un groupe de pèlerins à une saison où il aurait dû faire la guerre, mais il n'en avait rien dit.

— Et Vidian ? demanda-t-il en se tournant vers Julien.

Le jeune homme sursauta. Il avait fini par croire qu'on ne lui demanderait rien et la vague inquiétude qu'il avait eue avant d'entrer s'était diluée devant la débonnaireté du cistercien. Il répondit les mêmes choses : Vidian avait parlé de guerres et de combats et s'était beaucoup vanté.

— À votre avis, c'est un bon soldat ?

Tout occupé par l'idée de ne pas dénoncer Vidian et Fays – c'était à Fays qu'il ne voulait pas causer d'ennuis –, il ne vit pas venir la feinte et allait spontanément exprimer son mépris pour le mercenaire. Lézat le devina. Il fallait qu'il avertisse Julien de faire attention, mais ils n'avaient pas pensé à convenir d'un signe. Le jeune homme ne le regardait pas et avait déjà la bouche ouverte pour parler. Alors, faute d'une meilleure idée, il simula un accès de toux en espérant que le religieux ne devinerait pas qu'il était diplomatique. Par chance, la fausse toux se transforma en une quinte irrépressible qui lui mit les larmes aux yeux. Quand il se calma, il était tout rouge : nul n'aurait pu penser que cela avait été provoqué. L'interruption donna à Julien le temps de comprendre qu'on lui tendait un piège : il fallait répondre en valet et non en chevalier. Ce qu'il fit. Le supérieur, satisfait, les renvoya. Tant que les repenties ne lui auraient pas prouvé le contraire, il considérerait que ces deux-là étaient bien ce qu'ils prétendaient être.

— Je crois qu'on s'en est bien tiré, dit Lézat à son *socius* quand ils furent hors de portée de voix, mais on n'est pas à l'abri du danger. As-tu vu comment Dulcie Mallet et sa fille nous ont regardés lorsqu'on les a croisées à leur sortie de l'interrogatoire ?

— Oui, j'ai remarqué qu'elles avaient un air soupçonneux.

— Il va falloir trouver un moyen de neutraliser ces renégates, ajouta le tisserand pensif. On ne peut pas les laisser compromettre notre mission.

CHAPITRE XVIII

Dès qu'ils avaient un moment de répit, André et Simon se réfugiaient au fond du verger, au pied d'un olivier auquel la tramontane avait donné la silhouette d'un vieillard perclus. Entre ces deux garçons empêchés de communiquer par la parole, était en train de naître un langage codé compréhensible pour eux seuls. Simon ne parlait qu'en cas d'extrême nécessité. Le reste du temps, il essayait de se faire comprendre par gestes et mimiques, à la manière d'André. C'était en raison d'une communauté d'âge et de malheurs qu'ils s'étaient rapprochés, et ils l'avaient fait pas à pas, prudemment, car ils avaient subi tellement de mauvais traitements que le moindre geste les mettait à l'affût, de crainte qu'il ne soit gros d'une menace. Pareillement maigres, scrofuleux, haillonneux et hirsutes, ils se distinguaient par la couleur de la tignasse : le compagnon de l'aveugle était blond et le petit-fils de la paralytique châtain foncé. Les deux garçons découvraient ensemble le plaisir de jouer au détriment d'une fourmilière dont ils démolissaient le tumulus que ses habitantes reformaient inlassablement. Ils plaçaient des obstacles sur l'itinéraire des travailleuses pour compliquer leur trajet et creusaient la terre jusqu'au refuge des fourmis ailées, auxquelles ils arrachaient leurs attributs avec un intérêt qui ne faiblissait pas. Ces innocents plaisirs leur mettaient dans les yeux des éclats de joie inusités et Simon étouffait son hilarité dans ses mains jointes tandis que le muet éclatait d'un grand rire silencieux, tête levée, bouche ouverte, laissant voir un tronçon de langue coupé droit qui s'agitait spasmodiquement.

Ce matin-là, ils furent dérangés par deux hommes qui venaient dans leur direction. Ils se coulèrent derrière une cépée, à quelques pas. Quand les intrus furent tout près, ils reconnurent les mercenaires, eux aussi à la recherche d'un coin tranquille. Les propos des soldats étaient elliptiques, mais ils comprirent que Salines cachait dans sa besace un objet qu'il espérait vendre à Carcassonne ou à Toulouse, et dont tout le monde, surtout les cisterciens, devait ignorer l'existence. Cette besace, qu'il portait en bandoulière, Salines craignait qu'elle ne soit fouillée, ce qui lui vaudrait, à lui, d'être pendu. Vidian se faisait rassurant, affirmant qu'elle était en sûreté puisqu'il ne la quittait pas.

— Et si quelqu'un devine ce qu'il y a dedans ? Salvetat l'avait compris.

— Salvetat ne l'avait pas compris : il l'avait vu parce que tu l'avais laissée ouverte, ce n'est pas pareil. Et Salvetat ne pourra plus le raconter.

— Le supérieur demandera peut-être à en voir le contenu ?

— Pourquoi il le ferait ? Il cherche un assassin, pas un voleur.

— Prends-la ! Moi, ça m'énerve trop.

— Il n'en est pas question. Tu as perdu aux dés, c'est toi qui t'en charges.

Quand ils furent assez loin, Simon, tout excité, se mit à parler. Puis il se tut, s'apercevant qu'il avait rompu le pacte tacite de silence. Mais André était aussi émoustillé que lui et il ne s'en formalisa pas. Les deux garçons, qui mouraient de curiosité, décidèrent d'en apprendre davantage. Qu'est-ce que les mercenaires tenaient tant à cacher? Auraient-ils tué Salvetat pour le faire taire? Leur désir d'apprendre la vérité n'avait pas pour but de dénoncer les malfrats. Ils étaient bien d'accord là-dessus: s'ils découvraient le secret, ils n'en parleraient pas. Non qu'ils voulussent les protéger, mais par instinct de conservation: l'expérience leur avait appris qu'ils se portaient mieux de moins fréquenter les adultes.

Peu après leur conciliabule du verger, les matamores, placés devant le supérieur flanqué des dominicains, ne parvinrent pas à dissimuler leur inquiétude. Le religieux se demanda ce qu'ils redoutaient et essaya de le leur faire dire, mais ce fut en pure perte. Salines et Vidian se prétendirent pèlerins de bonne foi, engagés sur la route de Compostelle pour accomplir un vœu fait lors de leur dernière campagne guerrière. Tombés aux mains d'un parti d'ennemis l'automne précédent, alors qu'ils allaient succomber sous le nombre, ils avaient invoqué saint Jacques et des renforts inattendus étaient miraculeusement apparus.

Le religieux, peu convaincu, leur fit répéter plusieurs fois l'histoire, mais ils n'en démordirent pas et, pour appuyer leurs dires, ils nommèrent les belligérants qui s'affrontaient lorsqu'ils avaient fait le vœu. En protestant de leur sincérité, les mercenaires forçaient un peu trop la note, ce qui les rendait suspects, mais ils n'offraient aucune prise et le cistercien finit par abandonner ce thème. Avant de les renvoyer, il les questionna sur Artigues, avec qui ils avaient compagnonné, selon les témoignages de plusieurs jacquaires. Sur ce point-là également, ils se récrièrent : boire une chopine avec un homme n'en faisait pas un ami, tout au plus une connaissance. Avec Artigues, ils n'avaient échangé que des banalités, essentiellement au sujet du vin et des femmes, précisa Vidian avec un rire gras que le regard glacial du religieux éteignit aussitôt.

Malgré sa peur, Fays, la dernière à être convoquée, entra avec aplomb. Elle était consciente de courir beaucoup de risques : les autorités religieuses, de concert avec le pouvoir civil, mettaient fréquemment à l'ombre des femmes coupables de faire commerce de leur corps. Ils prétendaient les inciter à réfléchir sur le salut de leur âme. Pour avoir une chance de leur échapper, il fallait qu'elle cache ses craintes et affiche la tranquillité de celle qui n'a rien à se reprocher.

Mais Fays avait tort de s'en faire : le cistercien n'avait aucun désir de s'encombrer d'elle. Ce qu'il voulait, c'était qu'elle parte, et vite. Les intérêts du supérieur allaient à l'encontre de ceux des dominicains, qui avaient espéré la lui laisser. Comme les soldats, elle affirma qu'elle avait réellement l'intention de se rendre jusqu'au tombeau du saint, et ce, pour accomplir une promesse faite à feu sa pauvre mère sur son lit de mort. Qu'il la crût ou non, le supérieur n'insista pas, cherchant plutôt à savoir ce qu'elle avait pu apprendre sur les mercenaires en les fréquentant. Mais elle ne savait rien de plus que Lézat ou Vigordan : leur conversation tournait toujours autour de leurs batailles.

Le supérieur de Valmagne décida de s'en tenir là. Sous le regard courroucé de frère Augustin, qui avait espéré laisser la jeune femme aux bons soins du cistercien, il la renvoya avec pour viatique une sévère admonestation et le conseil de fréquenter plutôt les religieuses que les soldats.

Fays promit tout ce qu'il voulut et s'en alla d'un pied léger. Le cistercien avisa les dominicains désappointés qu'ils pourraient partir le lendemain. Il avait fait tout son possible pour élucider ce meurtre et n'y était pas parvenu. C'était à se demander si le crime avait été perpétré par un être humain. Peut-être était-il le fait d'une bête ou d'un être surnaturel? Auquel cas l'affaire n'était pas de son ressort. En laissant partir les pèlerins, il était en paix avec sa conscience.

Les dominicains l'annoncèrent au repas du soir, après le bénédicité. Une excitation soudaine agita la tablée: même si la pause avait été agréable, les jacquaires étaient contents de reprendre la route. À l'annonce que les interrogatoires étaient terminés, deux pèlerins, que le supérieur n'avait pas jugé bon d'entendre, s'étranglèrent d'indignation: l'aveugle et la paralytique. La vexation qui les rendait hargneux ne les rapprochait pas pour autant. L'aveugle admettait sans difficulté que l'on n'ait pas voulu se renseigner auprès d'une invalide: qu'aurait-elle pu dire d'intéressant, elle qui ne bougeait pas et qui, en plus, parlait tout le temps mais n'écoutait jamais? Lui, par contre, percevait l'essentiel des choses, n'étant pas distrait par tous les événements anodins qui peuvent égarer la perception et le jugement de ceux qui voient. Quant à Maria, elle comprenait qu'on ne consulte pas un aveugle, mais elle, qui occupait une place privilégiée à son poste d'observation, aurait pu faire des révélations étonnantes sur chaque pèlerin. Chacun pour son compte, et en s'efforçant de disqualifier l'autre par une remarque fielleuse, ils s'en plaignirent à frère Augustin. Ils lui suggérèrent de réparer ce qu'ils considéraient comme une erreur. Mais le dominicain avait compris que le supérieur ne voulait plus rien savoir de cette histoire. Il leur opposa un refus catégorique et se fit un plaisir de le leur signifier en présence l'un de l'autre.

CHAPITRE XIX

C'était la dernière soirée des jacquaires à Valmagne, et ils réclamèrent la fin des aventures de Bisclavret. Le troubadour aurait pu les faire durer plusieurs veillées encore, mais, contrairement à son projet initial de continuer avec la caravane jusqu'à Carcassonne, il avait finalement décidé de retourner vers Montpellier avec un compère nouvellement arrivé qui l'avait convaincu de cheminer avec lui.

Avant que Court-les-chemins n'entame son récit, Montreau avait servi à l'aveugle un avertissement sévère. Son rigorisme excessif pesait à tout le monde. S'il voulait rester des leurs, il devait en modérer l'expression. D'abord, qu'il évite d'interrompre le troubadour. Feuillant était outré, mais il fut obligé de prendre la menace en considération, car aucun des jacquaires ne dit un mot en sa faveur.

Quand ils furent commodément installés, Court-les-chemins commença :

Une grande colère habitait Bisclavret et, durant des années, il passa sa rage sur les humains qu'il capturait. Il les égorgeait et les mutilait de la plus atroce façon. Pendant ce temps, sa mauvaise épouse s'était remariée avec son complice et avait eu deux filles. Mais voilà qu'un jour, celui qui était le suzerain de Bisclavret du temps qu'il était un homme croisa son chemin. Les chevaliers du roi capturèrent le loup et le lui amenèrent. Dès qu'il vit le roi, Bisclavret le prit par l'étrier et lui baisa la jambe et le pied. Le roi, émerveillé, dit à ses compagnons: «Regardez comme cette bête se prosterne! Elle a l'intelligence humaine, elle demande grâce. Chassez les chiens et ne la frappez pas. Je la garde avec moi et je la protégerai». De ce jour, le loup-garou ne fut plus agressif et se comporta avec noblesse et loyauté. Ceci dura jusqu'à ce que le seigneur félon qui avait épousé la femme de Bisclavret se présente à la cour du roi. Dès qu'il aperçut l'homme responsable de son malheur, le loup se jeta sur lui pour le mordre. Il ne consentit à le lâcher que sous la menace du bâton. Cette bête n'avait jamais eu une telle attitude, et tout le monde, au palais, pensa que ce n'était pas sans raison: le chevalier avait dû lui faire du tort. D'ailleurs, dès que le chevalier quitta la cour, le loup retrouva son naturel doux et aimable. Il resta ainsi jusqu'au jour où le roi revint dans la forêt où il l'avait capturé. Reçu avec toute la cour par celle qui avait été sa femme, Bisclavret se jeta sur elle et lui arracha le nez du visage. Tout le monde voulut mettre le loup en pièces, y compris le roi, lorsqu'un homme sage s'interposa. «Sire, dit-il, cette bête a toujours vécu en paix parmi vous, elle n'a jamais fait preuve de méchanceté, sauf à l'égard de cette dame. Or, elle est la femme de ce chevalier que vous aimiez tant et dont on a perdu la trace. C'est fort étrange. Mettez-la donc à la question* pour qu'elle dise pourquoi cette bête la hait tellement.

À l'évocation de la question, quelques-uns des auditeurs de Court-les-chemins, qui jusque-là avaient été pris

---

*   Question : torture.

par le récit, sentirent un frisson leur parcourir l'échine. Dans les esprits du temps, la question était indissociablement liée à l'Inquisition, et les cathares savaient qu'ils risquaient d'y goûter un jour. Étienne pensa à cela, et Julien, et les deux repenties qui, quoi qu'elles disent ou fassent, resteraient toujours suspectes d'hérésie. La soirée perdit pour eux une partie de son charme.

Les hommes du roi saisirent la dame et la soumirent à la torture. Sous l'effet de la souffrance et de la peur, elle avoua toute la vérité: comment elle avait trahi son ancien mari et l'avait condamné à rester éternellement loup-garou en faisant dérober ses vêtements par son complice. Tout devint clair: le loup était Bisclavret. Le roi obligea la dame à apporter les vêtements de son ancien mari et, dès que le loup les eut enfilés, il redevint chevalier. Le roi, très heureux de cet épilogue, lui rendit ses terres et chassa la femme du pays ainsi que son complice. On dit qu'ils eurent des filles qui naquirent toutes sans nez.

Et Court-les chemins de conclure :

— L'histoire que vous avez entendue est vraie. Ce lai a été composé pour en garder le souvenir.

Vaguement mélancoliques, les jacquaires allèrent se coucher. À l'aube, l'âpreté de la route allait remplacer la douceur de l'étape.

CHAPITRE XX

L a caravane quitta Valmagne telle qu'elle était partie de
Vignogoul, ou presque : à peine amputée d'un membre,
dont la présence ne manquait pas puisque personne
n'avait fait attention à lui avant qu'il ne fût occis. La halte
suivante était le monastère bénédictin de Saint-Thibéry,
une étape d'une longueur sensiblement égale à la précédente, ce qui était faisable dans la journée s'il n'y avait
pas d'incident pour l'empêcher. Les pèlerins à cheval
devaient attendre à mi-chemin, au village de Montagnac,
qui aurait le mérite d'être assez important pour avoir des
habitants susceptibles de faire l'aumône aux nécessiteux.
Pour parer à toute éventualité, les jacquaires qui avaient
pu les payer s'étaient munis de vivres; ceux qui ne le
pouvaient pas avaient leurs besaces vides : le supérieur,
ayant estimé que ce groupe lui avait coûté assez cher,
n'avait rien fait distribuer pour la route.

Les pèlerins maintinrent un rythme de marche soutenu. Les quelques jours de repos leur avaient fait du bien :
ils étaient dispos. Étienne n'avait pas tenu longtemps sa
résolution de ne plus approcher Maria Belcaire : Simon
peinait trop à pousser le charreton. Cela lui occupait les

mains et le dispensait d'égrener le chapelet, exercice qui lui répugnait, mais que les pèlerins pratiquaient à outrance, ce qui l'obligeait à en faire autant. Artigues et les mercenaires s'étaient retrouvés en tête, accompagnés de Fays qui riait avec eux. Fabrissa marchait aux côtés de son père. Elle le relayait pour guider l'âne, suivie de près par Julien qui n'avait toujours pas trouvé le moyen d'engager la conversation. Les repenties étaient l'ombre des religieuses et les dominicains fermaient la marche, les lèvres agitées d'une interminable oraison. On eût dit que rien n'était arrivé. La tragédie du plateau et la semaine d'interrogatoires appartenaient au passé. Le pèlerinage suivait son cours.

Montagnac était un bourg prospère dont les échoppes débordaient sur les ruelles étroites, qui convergeaient vers une place ombragée où coulait une fontaine. Avant tout, les marcheurs s'abreuvèrent. La dernière heure de route avait été très chaude et la halte fut bienvenue. Les riches pèlerins préférèrent l'auberge à leurs provisions et s'installèrent à l'intérieur. Les pauvres s'en allèrent mendier par les venelles. Lorsqu'ils eurent réuni de quoi faire un repas, ils rejoignirent sous les arbres Étienne et Julien qui mangeaient le contenu de leur besace.

Des badauds s'approchèrent. Les pèlerins attiraient des curieux friands de récits de voyage, qu'ils obtenaient en échange de quelque aumône. Il y en avait toujours, parmi les jacquaires, qui se laissaient aller au plaisir d'avoir un public. Vidian et Salines étaient de ceux-là, et ils ne se firent pas prier pour décrire les cités lointaines qu'ils avaient traversées. Un des villageois, ne voulant pas être en reste de merveilles, vanta les ruines romaines situées sur la colline d'Aumes toute proche. Cette information suscita l'intérêt de la majorité des jacquaires : l'accomplissement de leur vœu s'accommodait d'un peu de tourisme, et ils étaient à l'affût des curiosités de rencontre.

Les tenants de la visite se heurtèrent à ceux qui préféraient repartir tout de suite. Les religieux rechignaient à s'arrêter, ainsi que les repenties, qui les copiaient en tout. L'aveugle, bien entendu, s'offusqua de la proposition, ce qui provoqua une prise de bec avec Montreau. L'orfèvre lui reprocha de vouloir régenter tout le monde et l'aveugle rétorqua que s'ils n'avaient que lui pour se préoccuper du salut des âmes ils iraient droit en Enfer. Maria Belcaire mit son grain de sel, glissant avec perfidie qu'il eût été moins enclin à les priver des beautés de la route s'il avait pu les voir. Il clama qu'il était sacrilège de ralentir le service de Dieu par des futilités. La discussion s'envenima, attisée par les uns et les autres, et l'aveugle, qui ne se contenait plus, se mit à hurler de virulentes imprécations. Ses menaces de feu éternel étaient tellement disproportionnées avec l'objet de la querelle qu'il s'aliéna même ceux qui étaient opposés à la visite, principalement les dominicains : ils n'appréciaient pas qu'il se croie plus habilité qu'eux à s'occuper des âmes. Devant l'accord qui s'était fait contre lui, Feuillant lança une malédiction qui rappelait fâcheusement celle du soir où Salvetat avait trouvé la mort :

— Hommes de peu de foi, Dieu punira votre impiété ! Il va vous renvoyer la Bête !

Il y eut un flottement, mais Montreau, qui n'avait pas l'intention de s'en laisser imposer, donna le signal du départ et s'engagea dans le sentier qui menait aux vestiges romains. La caravane lui emboîta le pas. La montée fut rude, et plus d'un regretta d'y être allé : de la villa antique, il restait seulement quelques murs à demi détruits. Les pierres avaient servi à édifier le château fort de Montagnac, ce qui avait fait gagner du temps et de l'argent aux bâtisseurs, mais ne laissait plus grand-chose à admirer aux visiteurs. Le détour, finalement, ne les retarda pas beaucoup.

À peu près à mi-route, l'essieu du charreton de Maria Belcaire se rompit. Projetée sur le sentier rocailleux, elle cria de peur, de douleur et de colère. Cela s'était produit alors que Simon était seul à pousser, car Étienne s'était attardé pour ôter une épine fichée dans son talon. Elle accabla le garçon de sottises, l'accusa une fois de plus de vouloir sa mort. Cette virulence rassura les jacquaires que les hurlements avaient ameutés : elle aurait eu moins de caquet si elle s'était fait vraiment mal. Le problème se posa de lui faire continuer la route. Le seul qui aurait pu être utile, Manciet, le maréchal-ferrant, était parti en avant sur son cheval. Parmi ceux qui restaient, aucun n'était compétent, mais plusieurs avaient des opinions sur la manière de procéder. Montreau voulait attacher les deux morceaux de la pièce rompue avec une corde – mais ils n'avaient pas de corde ; Artigues suggéra de les clouer – il manquait les clous et le marteau ; frère Louis, qui d'habitude ne disait rien, se distingua en affirmant qu'il fallait couper un nouvel essieu dans un arbre – outre la hache, l'arbre faisait défaut, car ils étaient dans un passage envahi par le maquis. Lorsque furent épuisées les solutions irréalistes, Vidian proposa la seule chose faisable : improviser un brancard pour transporter la grabataire. Il était évident que les pèlerins ne parviendraient pas à Saint-Thibéry avant la noirceur dans cet équipage : ils devaient se préparer à passer la nuit à la belle étoile.

Habitués aux expédients, les mercenaires bricolèrent une civière : ils enroulèrent là pèlerine de Maria sur leurs bourdons. Celle-ci protesta qu'on allait abîmer le tissu et qu'on risquait de le déchirer.

— Pourquoi vous faites avec la mienne?

— Et pourquoi on ne te laisse pas crever là? siffla en écho Dulcie Mallet. Ça nous ferait du bien à tous.

N'obtenant pas de soutien, l'infirme dut mettre une sourdine à ses récriminations. Elle continua tout de même à manifester sa contrariété à coup de petits gémissements.

Les mercenaires déclarèrent qu'ils n'étaient pas des bêtes de somme : ils étaient prêts à transporter la civière à condition d'être relayés. Si on établissait un tour de rôle avec tous les hommes valides, ils feraient leur part, rien de plus. Les pèlerins s'organisèrent sans discuter : les dominicains la porteraient ensemble, le tisserand et son neveu aussi. Les deux qui restaient, Montreau et Artigues, s'associèrent.

La caravane repartit, cahin-caha. Ce n'était pas facile d'avancer avec un brancard, car il ne fallait pas trop bousculer la paralytique, toujours prête à se plaindre, quelquefois avec raison tant les cahots pouvaient être forts. Traîner le charreton cassé était plus difficile encore : il ne roulait plus et pesait lourd. Au bout d'un long moment, ils atteignirent une partie boisée où le chemin était ombragé, ce qui rendit la progression moins pénible. Puis l'après-midi tira à sa fin, et il fallut chercher un espace dégagé pour passer la nuit. Vidian, promu éclaireur, explora plusieurs sentiers, mais ne trouva pas de clairière proche. La fatigue se faisait sentir et le découragement gagnait quand ils virent une fumée qui s'élevait au-dessus des arbres. Sans doute des charbonniers. Cela ne les réjouit qu'à moitié, car ces gens-là avaient la fâcheuse réputation d'accueillir des bandits qui fuyaient la justice. Mais ils n'avaient pas le choix : les porteurs n'en pouvaient plus, il fallait réparer le charreton et il était tard.

— Au moins, commenta Maria Belcaire avec son art de rappeler ce que tout le monde voulait oublier, on sera protégés de la Bête.

C'était un campement des plus sommaires. Une cabane en branchages servait d'abri à la famille de charbonniers, composée du père, de la mère et du fils. Ils suspendirent leurs activités pour regarder les pèlerins approcher. Le charbon incrusté dans leur peau les avait faits aussi noirs que des créatures de l'Enfer, ce qui fit légèrement hésiter Montreau. Mais il réprima ses réticences à la vue de Vidian prêt à s'adresser à eux comme s'il eût été le chef du convoi. Il fit signe au mercenaire de le laisser faire et s'adressa au charbonnier, à qui il demanda s'ils pouvaient dormir à proximité de leur cabane. L'homme accepta d'un signe de tête. Ensuite, Montreau lui fit voir l'essieu. Il pouvait le réparer, mais il allait falloir payer. Maria Belcaire se récria : elle n'avait pas d'argent et vivait de mendicité. La secourir était le devoir de chacun, puisqu'elle faisait un pèlerinage. Si le charbonnier lui refusait son aide, le Ciel le punirait. Mais l'homme se détourna et affecta de se remettre au travail : pas d'argent, pas de réparation.

Les jacquaires étaient ennuyés : ils ne pouvaient pas abandonner l'infirme, mais se seraient bien passés de payer pour elle. D'autant qu'ils n'étaient pas nombreux à pouvoir le faire : les religieux appartenaient à un ordre mendiant et donc, ne possédaient rien, les repenties, l'aveugle et Fays non plus. Il restait ceux qui ne mendiaient pas. Montreau, bien sûr, ainsi que les mercenaires et Artigues : ils avaient toujours eu de quoi boire dans les auberges et, de ce fait, ne pouvaient pas se dérober. Étienne avait aussi de l'argent, même s'il le dépensait avec plus de discrétion. Ils regrettèrent l'absence des pèlerins montés,

Cadéac, Gabas et Ténarès, qui auraient fait diminuer la quote-part de chacun. Ces hommes étaient doublement chanceux, puisqu'ils allaient, en plus, dormir à l'abri des murs de Saint-Thibéry. La paralytique, décidément, était une nuisance : elle retardait la route, coûtait de l'argent et exaspérait tout le monde.

Le ragoût que la femme faisait cuire dehors, devant la cabane, sentait bon. Malgré l'interdiction faite aux vilains de chasser, il était évident que les flancs de la marmite recelaient quelque bête braconnée. À la question de Montreau, il fut répondu que les pèlerins pourraient en avoir, mais pas gratuitement. Ceux qui avaient les moyens de s'acquitter du prix du repas s'installèrent avec les charbonniers, tandis que les miséreux restaient à l'écart, où ils n'étaient pas à l'abri des effluves du ragoût. Les nantis, qui avaient payé pour le charreton, ne manifestèrent pas l'intention de les inviter. Ils leur abandonnèrent les provisions qu'ils avaient délaissées à midi pour le menu de l'auberge. À leurs yeux, c'était déjà beaucoup : la charité avait ses limites.

Pendant que les uns vidaient d'appétissantes écuelles, les autres se partageaient du pain et du fromage en quantité insuffisante, les assaisonnant de remarques acides et méprisantes contre Fays qui se pourléchait, bien qu'étant impécunieuse. C'était le fils des charbonniers, un grand gaillard à l'air obtus, qui avait dit à sa mère de lui donner à manger après avoir échangé quelques mots avec la pérégrine. Les termes de leur accord étaient évidents et plusieurs jacquaires en furent choqués. Les religieux n'intervinrent pas, se réservant sans doute d'admonester la jeune femme à l'étape pour ne pas alourdir l'atmosphère déjà tendue. Dulcie Mallet et Martin Feuillant, par contre, ne s'arrêtèrent pas à ces considérations : ils étaient scandalisés et le firent savoir. La nécessité avait fini par rapprocher ces deux-là. L'aveugle avait besoin de savoir ce qui se passait et, comme il n'inspirait pas la sympathie, personne ne lui parlait spontanément. Quant à la migraineuse, qui n'était pas plus aimée, à cause de son mauvais caractère, et ne pouvait satisfaire auprès des religieuses son goût des ragots, il lui fallait un interlocuteur pour s'adonner au plaisir de médire. Dans les circonstances, l'aveugle fit un discours sur les pécheresses futiles et âpres au gain qui rôtiraient en Enfer. Sa commère l'approuvait en tous points. Tout le monde l'entendit annoncer avec le ton menaçant d'un prophète de malheur : « Elle sera punie par où elle a péché ».

Julien avait compris, lui aussi, comment Fays allait payer son repas. Assis en face d'elle, il se souvenait de la nuit de la capitelle et revoyait la jeune femme dépoitraillée dans les bras de Vidian. Le désir qui lui vint se doubla d'un accès de jalousie et de haine à l'égard du fils du charbonnier qui allait poser ses mains sales sur sa peau si blanche. Il n'était pas le seul : Vidian, visiblement furieux, lançait des regards assassins alternativement à Fays et au charbonnier. Nul ne pouvait l'ignorer dans le cercle des dîneurs, et la tension était palpable.

À la nuit tombée, les pèlerins s'enroulèrent dans leurs capes. La veillée n'avait pas duré, car les charbonniers s'étaient montrés trop avides pour que les jacquaires aient envie de les régaler d'histoires de voyage. Cette fois, il n'y eut pas de tour de garde à assurer : les foyers gardaient des braises toute la nuit, ce qui suffisait à éloigner les bêtes sauvages. Certains pèlerins se placèrent au plus près de ces feux pour profiter de leur chaleur. Ce ne fut pas le cas de l'aveugle, qui affichait le dédain du confort et obligeait André à en faire autant, ni des Mallet mère et fille, dont les migraines étaient aggravées par la chaleur. Ils restèrent à l'orée du groupe, ainsi que Fays, qui voulait probablement être plus libre de ses mouvements. Dulcie s'offusqua à l'idée de dormir à proximité d'une femme de mauvaise vie, et Fays lui rétorqua qu'elle n'avait pas payé sa place. Elle fit exprès de se placer tout près d'elle pour la faire enrager.

CHAPITRE XXI

Les occupants de la clairière dormaient profondément lorsque des cris les tirèrent du sommeil. Ils se dressèrent, hébétés, pour voir d'où provenait ce vacarme. C'étaient Vidian et le fils des charbonniers qui se battaient tandis que Fays les conjurait de se calmer. Le temps que Salines et le père du garçon interviennent pour les séparer, ils étaient déjà bien amochés. Néanmoins, ils voulaient continuer, et il fut difficile de les convaincre de retourner se coucher. Le jeune charbonnier, qui n'en avait pas eu pour son repas, était hors de lui, mais son père, après un regard aux jacquaires qui s'étaient rapprochés, estima que le rapport des forces était à leur désavantage et jugea prudent de laisser tomber. Il obligea le garçon à rentrer dans la cabane. Pour son compte, il avait tiré le maximum des pèlerins. Tant pis pour son niais de fils : ça lui apprendrait à se faire payer d'avance. Quant à Vidian, il se laissa entraîner par Salines, non sans avoir menacé Fays :

— Toi, la pute, j'aurai ta peau.

Puis il lui tourna le dos et alla s'enrouler rageusement dans sa pèlerine. Les jacquaires, tout à fait réveillés, commentaient l'incident. Montreau dut forcer la voix pour les renvoyer se coucher de manière à profiter des quelques heures de sommeil qui leur restaient. Fays, le port arrogant et le regard plein de défi, voulut reprendre sa place. Au moment où elle allait étaler sa pèlerine, elle en fut empêchée par les crachats de Dulcie et de Flors.

Elle haussa les épaules et leur lança, d'une voix que tout le monde entendit :

— Après tout, je serai mieux ailleurs : ici, ça pue. Le voisinage sent le moisi.

Sa remarque les exaspéra d'autant plus qu'elle avait provoqué quelques rires étouffés. Elle se coucha à côté de Julien, dont les rêves furent considérablement améliorés par sa proximité.

Le réveil des jacquaires se fit au chant des premiers oiseaux. Ils n'avaient pas assez dormi, et ça grognait dans la clairière. Les charbonniers se mirent au travail et la femme ne montra aucune velléité de préparer à manger. Les pèlerins comprirent qu'ils n'étaient plus les bienvenus et qu'ils allaient devoir partir le ventre creux. Ceux qui avaient donné leurs provisions la veille le regrettèrent.

Dulcie Mallet s'agitait :

— Vous n'avez pas vu Flors ? Elle n'était pas à côté de moi quand je me suis éveillée.

Non, aucun d'eux n'avait vu la jeune fille. Sa mère commençait d'être soucieuse. Elle mit ses mains en porte-voix et cria :

— Flors, dépêche-toi ! On s'en va.

Les jacquaires étaient prêts, mais elle n'était toujours pas là. Alors, ils se joignirent aux appels. En vain. Inquiets eux aussi, ils s'éparpillèrent aux alentours pour la chercher. Elle n'était pas loin. C'est sa mère qui tomba dessus et son cri déchira les tympans. Flors était couchée sur le dos, les vêtements remontés sur la tête, le corps nu à partir de la taille. Le bas de son ventre n'était que bouillie sanglante, traces de griffures et de dents. « La Bête », murmurat-on horrifié. Tout le monde resta figé jusqu'à ce que sœur Josèphe rabatte la robe de la victime sur ses jambes pour dissimuler le carnage. Ce qu'on vit alors n'était pas mieux : les yeux exorbités et les traces sur le cou montraient qu'elle avait aussi été étranglée. Les pèlerins se souvenaient des mots de l'aveugle : « Elle sera punie par où elle a péché ». Mais c'était de la prostituée qu'il parlait. Flors n'avait pas commis le péché de chair.

— Pourquoi ma fille ? se lamentait Dulcie. Elle était vierge et sage. Elle ne devait pas mourir. Pas de cette ignoble façon. Pas elle.

Plusieurs jacquaires pensaient depuis le début ce qu'elle réalisa soudainement, frappée par l'évidence :

— Ce n'est pas elle qui devait mourir ! hurla-t-elle. C'est la putain ! La Bête s'est trompée.

Folle de colère et de douleur, elle se jeta sur Fays, qui ne s'y attendait pas. Elle eut le temps de lui lacérer le visage avant que Julien et Montreau la neutralisent. Il fallut aussi maintenir Fays, qui avait violemment réagi. Avant que Salines la ceinture, elle avait arraché une poignée de cheveux à Dulcie.

L'hostilité des charbonniers monta d'un cran. L'homme interpella Montreau :

— Ramassez votre cadavre et allez-vous-en ! On ne veut pas ici de gens qui fricotent avec le Diable.

Il s'appuyait ostensiblement sur le manche d'une fourche. Sa femme et son fils l'entouraient. Ils tenaient également des outils qui auraient pu sans peine devenir des armes. Les jacquaires n'insistèrent pas : ils refirent une civière semblable à celle de la veille et ils y placèrent Flors. Le portage s'organisa de la même manière. Le corps de la morte était plus lourd que celui de l'infirme, mais il fallait prendre moins de précautions. Les criailleries geignardes de Maria Belcaire avaient fait place à la lamentation désespérée de Dulcie. La faim qui torturait les ventres creux, le soleil qui desséchait les gorges, la fatigue des portages et la peur de la Bête qui étreignait tout le monde, tout concourait à rendre la caravane pitoyable. Lorsque, après des heures de cheminement, ils entendirent enfin les cloches de Saint-Thibéry, ils trouvèrent un reste de volonté pour chanter :

E ultreia
E sus eia
Deus aïa nos*!

CHAPITRE XXII

La nouvelle de l'arrivée des jacquaires courut à grande vitesse dans le monastère. Les moines savaient, par Cadéac, Gabas et Ténarès, qu'ils auraient dû être là la veille, et ils étaient curieux de savoir ce qui les avait retardés. Les trois pèlerins, inquiets, attendaient leurs compagnons à la porte. Devant la civière recouverte de la pèlerine, ils devinrent pâles. «La Bête», murmura Ténarès.

Manciet demanda :

— Qui est mort ?

— Flors, répondit Montreau.

— Flors ! Mais pourquoi ?

La question donna à Dulcie un regain d'agressivité. Elle désigna Fays d'un geste menaçant et cria :

— La Bête l'a prise pour celle-ci !

— Qu'est-ce que tu en sais, vieille taupe ?

Pour éviter que cela ne dégénère à nouveau, plusieurs pèlerins entourèrent chacune des femmes.

L'abbé lui-même se déplaça, averti par un message du moine tourier. Il envoya la morte à la chapelle et les vivants au réfectoire.

Dès qu'ils furent restaurés, les dominicains allèrent rejoindre l'abbé. Pendant que les langues allaient bon train parmi les jacquaires, accréditant la thèse de la Bête, frère Augustin faisait un rapport complet sur le pèlerinage. Il commença son récit à Montpellier. L'abbé l'écoutait, les yeux à demi fermés et les mains benoîtement croisées sur son ventre rebondi. Il était tellement immobile que le dominicain se demanda un instant s'il ne s'était pas endormi. Il s'interrompit, indécis, mais son vis-à-vis ouvrit les yeux et le relança d'un «Oui?» étonné. Quand il arriva à la soirée et la nuit précédentes, frère Augustin déclara qu'il se ralliait à l'avis général : la victime n'était pas la bonne. Cependant, pour lui, il ne faisait pas de doute que le meurtrier était Vidian.

— Alors, ce serait également lui qui aurait tué Salvetat? demanda l'abbé, prouvant qu'il avait écouté.

— Je ne crois pas : il n'avait aucune raison de le faire.

— À moins que Vidian n'ait eu à cacher quelque chose que Salvetat aurait découvert, intervint frère Louis. Souvenez-vous de l'air coupable qu'ils avaient, avec Salines, quand ils ont été interrogés à Valmagne.

— En effet, confirma son compagnon. Il a été impossible de les faire avouer, mais ils étaient inquiets, c'est sûr. Et les deux corps ont subi le même type de lacérations, ajouta-t-il pensivement.

— Alors, ne perdons pas de temps, décida l'abbé, faisant preuve d'une vivacité inattendue, je veux régler cela au plus vite, car je pars à Narbonne demain matin.

Aussitôt convoqué, Vidian se défendit avec la dernière énergie. Il n'avait pas tué Flors, il le jurait! Frère Augustin lui rappela ses menaces de la nuit. Elles étaient pour Fays, dit-il, pas pour Flors. Mais dans la nuit, lui fut-il répliqué, on peut confondre.

— Non, affirma-t-il. On peut confondre deux femmes qu'on ne connaît pas bien. Mais Fays, je la connais. Avec un sourire lubrique et avantageux, il précisa : je connais l'odeur de sa peau et son goût. Je n'aurais pas pu me tromper : Flors a été mordue, ne l'oubliez pas.

— Pourtant, répliqua frère Augustin, vous avez dit que vous ne l'aviez jamais vue avant Montpellier. Vous avez donc menti ?

— Non.

Interloqué, le religieux demanda :

— Mais alors, quand ?…

— Sur le causse. Dans la capitele. Pendant mon tour de garde.

— Le jeune tisserand pourrait en témoigner ?

— Il pourrait.

Aussitôt convoqué, Julien confirma. Il lui fut reproché de ne pas l'avoir dit avant, mais il se défendit en rétorquant qu'on ne le lui avait pas demandé. D'ailleurs, ça n'avait rien à voir avec la mort de Salvetat. Il avait fait correctement son tour de garde et pouvait affirmer qu'il ne s'était rien passé d'anormal pendant ce temps-là. La vie du mercenaire ne le regardait pas, et il n'aurait pas pris le risque de la rendre publique. Les religieux regardèrent alternativement le jeune homme et l'homme fait et comprirent que Julien ait pu juger prudent de ne rien dire.

Dans la maison des hôtes, la communauté bénédictine s'employait à donner aux jacquaires les soins qui leur étaient dus. On leur lava la tête et les pieds. Les blessures causées par la marche furent soignées et les sandales de cuir remises en état. Ce faisant, les langues ne chômaient pas : les moines étaient curieux des tenants et aboutissants de toute l'histoire, et les pèlerins ne demandaient qu'à parler.

Ils avaient des façons différentes de présenter l'affaire dans ses détails, mais sur le fond, ils étaient presque tous d'accord : cette deuxième mort avait renforcé la croyance en la Bête. Quelqu'un fit remarquer que ce n'était pas la pleine lune, mais l'objection ne fut pas jugée recevable : à preuve que Bisclavret devenait loup-garou plusieurs jours par semaine. Salines, accoutumé à côtoyer les pires turpitudes, était moins prêt à y croire. Il allait le dire lorsque son compère le fit taire d'une bourrade dans les côtes : il était dans le collimateur des religieux, et mieux valait ne pas insister sur l'éventualité d'une intervention humaine.

Feuillant ne se priva pas de rappeler qu'il avait prédit le retour de la Bête. L'espace autour de lui se creusa : il faisait peur. Par deux fois, il avait annoncé le malheur, et les gens se demandaient vaguement s'il ne l'avait pas provoqué en appelant sur eux la colère de Dieu. Ils préféraient s'en éloigner pour ne pas risquer de susciter son irritation et d'être la prochaine cible de ses malédictions.

Fays aussi se trouva isolée : Vidian l'ignorait par rancune et Salines en faisait autant par solidarité envers son compagnon. Artigues, qui s'était acoquiné avec eux, ne lui parlait pas non plus. Les autres ne l'avaient jamais fréquentée, mais maintenant, c'était pire : ils l'évitaient. Ils la considéraient comme une morte en sursis et semblaient craindre qu'elle ne les contamine. Elle réagissait avec sa morgue habituelle, les regardait de haut et faisait des remarques méprisantes sur ceux qui s'éloignaient d'elle. Ses yeux brillants de haine et son visage balafré la rendaient effrayante. Ils se gardèrent de l'insulter.

Les dominicains étonnèrent tout le monde en annonçant que la caravane repartirait dès le lendemain, aussitôt après l'inhumation de Flors. L'abbé ne voulait pas retarder son voyage et prévoyait qu'il n'aurait pas plus de succès dans ses investigations que le supérieur de Valmagne, qui avait perdu plusieurs jours sans obtenir de résultat. Il feignit de croire en l'existence de la Bête et décida de renvoyer les jacquaires à leur pèlerinage.

CHAPITRE XXIII

Après les soins, les jacquaires se rendirent à la chapelle pour veiller la dépouille de Flors. Ils s'installèrent aussi commodément que possible, car la nuit allait être longue. Si Julien, pour une fois, parvint à se placer à proximité de Fabrissa, c'était parce qu'elle l'y avait aidé, comme il put le comprendre par la suite. Ils profitèrent de la prière pour s'entretenir discrètement.

Fabrissa voulait parler, exprimer sa peur, combattre la solitude. Elle n'avait pas eu de vrai contact avec Flors, disait-elle, mais elles étaient les seules jeunes filles du groupe, elles seraient peut-être devenues amies en cours de route. Maintenant, elle ne pouvait plus espérer une compagnie féminine acceptable : il ne restait que des vieilles et des religieuses. Il était exclu de fréquenter Fays, qui était marquée par le mal, sinon par la Bête. D'ailleurs… et c'était cela qui la troublait le plus, si elle-même s'était levée à la place de Flors pendant la nuit, elle serait sans doute morte à l'heure qu'il était. La Bête l'aurait confondue avec Fays, comme cela s'était produit pour Flors.

Julien aurait voulu glisser un encouragement, dire qu'il allait veiller sur elle, qu'elle ne s'inquiète plus, mais elle ne lui en laissait pas le temps, déversant un flot de paroles lourdes d'angoisse et de terreur. La jeune bourgeoise insolente et malicieuse qui le titillait depuis le début du pèlerinage avait cédé la place à une jeune fille apeurée qui faisait appel à toutes les vertus chevaleresques inculquées à Julien depuis l'enfance. Il se sentait investi de la mission de la protéger, prêt à assumer le rôle du chevalier qu'il serait bientôt. En proie à une exaltation peu compatible avec les circonstances, il se répétait qu'il était heureux lorsqu'un crescendo dans la prière le ramena sur terre. Il posa les yeux sur le corps de Flors exposé dans le chœur de la chapelle, fut attristé un instant, mais l'oublia aussitôt. Il essaya d'imaginer Fabrissa allongée à sa place, entourée de flambeaux. C'était impossible : la morte avait toujours appartenu à la race des victimes ; Fabrissa, au contraire, était une conquérante. Comme lui. Il se prit à rêver que la jeune fille devenait sa… sa quoi ? sa fiancée ? son épouse ? sa maîtresse ? Perdu dans sa chimère, il n'allait pas jusqu'à préciser ces détails.

Pendant que Julien, un sourire niais sur les lèvres, flottait au cœur d'un cumulus moelleux, Étienne s'inquiétait : il n'entendait pas le dialogue des jeunes gens, mais cela ne lui disait rien qui vaille. D'un garçon aussi peu réfléchi que le jeune Vigordan, tout était à craindre. Ce n'était pas en se prétendant tisserand qu'il se ferait valoir aux yeux de la donzelle, et s'il lui confiait ses ascendances seigneuriales, elle en parlerait à son père, qui poserait des questions gênantes. Leur mission risquait de tourner court à cause de lui. Si seulement il avait pu partir seul, regretta-t-il une fois de plus.

Il remarqua que la fille Montreau avait l'air préoccupée. Évidemment, il n'avait pas dû lui échapper qu'elle aurait pu être à la place de Flors : elles avaient à peu près le même âge et la même silhouette. Dulcie était effondrée auprès du corps de sa fille. Elle allait se sentir bien seule sans cette enfant qu'elle tenait entièrement sous sa coupe. Allait-elle s'abîmer dans la douleur ou remplacer sa victime ? Julien et lui feraient bien de se méfier dans les jours à venir. Si elle décidait de les observer pour se distraire de son chagrin, elle finirait par glaner des éléments qui étayeraient les soupçons qu'elle avait déjà, il en était sûr. D'ailleurs, il avait intérêt à jouer du chapelet s'il voulait faire un catholique crédible. Ce geste lui était tellement étranger qu'il l'oubliait toujours. Julien n'y pensait pas davantage. Il changea de place de manière à être en face de lui et le fixa jusqu'à ce que celui-ci lève les yeux. Alors, il égrena ostensiblement son chapelet tout en mimant la récitation d'une patenôtre. Le garçon, rappelé à l'ordre, fit à son tour la ronde des grains de buis.

Parfois, quelqu'un sortait, puis revenait prendre sa place. Un ronflement intempestif couvrait subitement les prières ; le voisin du dormeur le secouait et il reprenait sa veille, les yeux rougis de sommeil, l'air ahuri.

Peu avant matines, Dulcie se leva soudainement et poussa un cri de joie. Les jacquaires somnolents sursautèrent et leur attention se fixa sur elle. Le visage extatique, les yeux levés vers la voûte, elle annonça, d'une voix stridente :

— Flors m'est apparue ! Elle est venue me parler !

Les pèlerins, que cette annonce avait réveillés, l'entourèrent et la pressèrent de questions, curieux de savoir ce que la jeune morte avait dit à sa mère.

Dulcie ferma les yeux et s'absorba un moment dans sa vision, puis elle annonça :

— Elle m'a dit qu'il faut l'enterrer sous la gouttière pour que son âme soit sauvée.

Sous la gouttière! Les pèlerins échangèrent des regards stupéfaits. Ils connaissaient cette pratique. Elle leur avait été racontée à l'étape de Vignogoul par un pèlerin qui en avait vu un exemple à Trausse, dans le Minervois. Mais elle était tombée en désuétude depuis deux siècles au moins. Et ce procédé, qui était exceptionnel, avait toujours été réservé à des personnages religieux importants. Il consistait à ensevelir le mort contre le mur d'une église ou d'une chapelle, sous la gouttière, afin que l'eau du ciel, qui s'était purifiée en tombant sur l'édifice consacré, abreuve pour l'éternité le saint homme couché là. Ces sépultures étaient l'objet de la vénération des fidèles. À la connaissance des jacquaires, jamais un tel honneur n'avait été accordé à une femme.

Dulcie, passé l'état de grâce qui l'avait transfigurée, s'agaçait de l'inertie de ses compagnons.

Elle réclamait :

— Je veux voir l'abbé! Il faut que je le lui dise.

Les dominicains essayèrent de la raisonner. L'abbé ne pouvait pas accéder à sa demande : non seulement cela ne se faisait plus, mais cela ne s'était jamais fait pour une jeune fille.

Mais Dulcie s'entêtait :

— Elle est revenue d'entre les morts pour me le demander. Ses plaies saignent comme celles de Notre-Seigneur. On ne peut pas l'abandonner.

La comparaison avec le Christ frappa les esprits des jacquaires. Ils savaient que lorsque les morts viennent parler aux vivants, il ne faut pas leur refuser ce qu'ils demandent. Dans le cas de Flors, cela reviendrait à la priver de la vie éternelle, un manquement dont ils seraient comptables lorsqu'ils se présenteraient à leur tour devant l'Éternel.

Sur ces entrefaites, les cloches sonnèrent matines[*] et la chapelle s'emplit de moines. Dulcie se jeta sur l'abbé pour lui faire part de la révélation qu'elle venait d'avoir et de la nécessité d'y donner suite. Éberlué, il resta coi. Elle s'accrocha à lui et insista. Pour se donner le temps d'aviser, il lui répondit qu'ils en reparleraient au matin.

À la fin de l'office, il invita les dominicains à le suivre.

— Qu'est-ce que c'est encore que cette histoire ? leur demanda-t-il.

Frère Augustin lui raconta avec circonspection la scène qui s'était déroulée peu avant son arrivée.

— Pensez-vous qu'elle a tout inventé ?

— C'est possible. Mais les autres pèlerins y croient et sont d'avis qu'il faut obtempérer. Le seul moyen de savoir si elle dit vrai est de la soumettre à la question.

Le bénédictin leur jeta un regard noir. C'était bien une idée de dominicain : la question était le procédé favori de l'Inquisition. Il les imagina en train de prendre les choses en main, de s'imposer dans son monastère et d'y faire la loi. Qu'ils n'y comptent pas : il ne les laisserait pas faire.

Il feignit d'y réfléchir :

— Oui, bien sûr, la question… Mais ça va prendre du temps et je dois me rendre chez l'évêque au plus vite.

— Dans ce cas…

— Vous avez raison : nous allons faire ce qu'elle demande. Nous n'avons guère le choix.

Mais il avait autre chose en tête. *Qui sait*, se disait-il, *peut-être pourrais-je créer un lieu de pèlerinage ? Et j'ai la chance d'avoir la relique au complet ! Il faut lui faire exécuter au plus vite un tombeau de pierre bien scellé, dire des messes, créer la légende… Dommage que le maître de Cabestany ne soit plus de ce monde : il avait fait un si beau sarcophage pour*

---

[*]   Matines : office nocturne entre minuit et le lever du jour.

le reliquaire de saint Sernin à l'abbaye de Saint-Hilaire. Mais les artisans talentueux ne manquent pas : j'en trouverai un. La première chose à faire est de retarder mon voyage et d'organiser des funérailles grandioses. Il composait déjà mentalement son homélie : *En ce jour, nous mettons en terre une martyre,* dirait-il avec solennité. Puis il mettrait du pathos et du tremblé pour ajouter : *Le Démon s'est acharné sur son corps, mais son âme pure de vierge est restée inviolée.* Et enfin, il terminerait avec une note d'espoir en promettant : *Elle va veiller sur notre communauté et sur tous ceux qui viendront l'honorer.* Ces pèlerins qui, de prime abord, lui avaient paru n'apporter que du dérangement allaient en fin de compte être à l'origine de la prospérité du monastère. Il faillit se frotter les mains en signe de satisfaction, et se retint juste à temps, mais il ne put contenir un sourire satisfait.

Les dominicains furent surpris de son air de contentement et attendirent qu'il s'en explique. Mais il n'en fit rien. Alors, ils renoncèrent à comprendre et s'en allèrent annoncer aux jacquaires que l'abbé consentait à inhumer Flors sous la gouttière.

CHAPITRE XXIV

L'abbé eut trois jours pour organiser des funérailles dignes de l'événement. Il eût préféré disposer d'une semaine, mais le moine apothicaire avait été formel : avec la chaleur qu'il faisait, au-delà de trois jours, le corps sentirait trop fort. Et encore, trois jours, c'était le maximum : il allait falloir beaucoup de fleurs et d'encens. Comme l'abbé ne semblait plus pressé de partir, les dominicains, auxquels l'ampleur des préparatifs déplaisait, revinrent avec leur conseil de soumettre Dulcie à la question. Mais il s'y refusa : le processus était engagé, pourquoi revenir là-dessus ?

— D'autant, insinua-t-il, que la question, si je suis bien informé, permet de faire avouer n'importe quoi, pas seulement la vérité.

Les dominicains, furieux, tournèrent les talons, non sans l'avoir menacé d'avertir l'évêque de ses propos injurieux sur les méthodes de l'Inquisition. L'abbé haussa les épaules : l'évêque était son oncle.

La nouvelle du miracle se propagea, colportée par les voyageurs de passage. Dès le deuxième jour, la maison des hôtes était pleine, les auberges de Saint-Thibéry également, mais les gens étaient prêts à dormir dehors pour assister aux funérailles de celle que la rumeur appelait déjà bienheureuse. L'abbé se réjouissait d'avoir pris la bonne décision : son monastère allait devenir un lieu de pèlerinage, il en était sûr maintenant. Les retombées matérielles s'étendraient au pays environnant : il y aurait des auberges, des marchands de souvenirs, toutes sortes d'artisans qui vendraient aux pèlerins des vivres et des harnais, des sandales et des manteaux. Et tout ce monde dépendrait du couvent qui toucherait la dîme.

Dulcie, auréolée de son statut de mère d'une sainte, se remettait bien de ce deuil qui lui apportait tant de consolations. Elle continua de veiller sa fille toutes les nuits, et toutes les nuits, à la même heure, Flors lui apparut. Les dominicains, flairant l'imposture, voulurent en profiter pour vérifier ses dires : ils demandèrent à Dulcie de lui poser des questions sur l'au-delà pour comparer avec les Écritures. Mais ils restèrent sur leur faim. Le message était toujours le même : « Tant que je ne serai pas enterrée sous la gouttière, répétait-elle, mes plaies continueront de saigner et je ne trouverai pas la paix de l'âme. »

La cérémonie fut inoubliable. Le cercueil ouvert était entouré d'une quantité de fleurs. Bien que les lys blancs, qui prédominaient, fussent particulièrement odorants, leur fragrance ne parvenait pas à masquer complètement l'odeur douceâtre des chairs corrompues. Même cela fut récupéré. Par le biais d'une phrase placée dans une oreille bien choisie, elle devint l'odeur de sainteté caractéristique des bienheureux. La rumeur fit le tour de la chapelle et se répandit ensuite au-dehors, parmi ceux qui, n'ayant pas pu entrer, étaient privés du parfum céleste.

Dans le chœur les moines chantaient, dans la nef les fidèles priaient. Les anciens compagnons de Flors vinrent déposer dans son cercueil leurs coquilles en plomb de jacquaires. Puis elle fut couchée sous la gouttière en grande pompe, comme elle avait fait savoir qu'elle le souhaitait. Au terme de l'ensevelissement, sa mère eut une autre apparition. Tout le monde put le deviner à son changement de physionomie.

Elle demeura recueillie un moment, puis se tourna vers les fidèles :

— Elle m'est apparue telle qu'elle était avant, le corps sain, sans la moindre plaie. Son visage exprimait la béatitude. Elle m'a dit : «Vous avez fait ce qu'il fallait : j'ai trouvé la paix». Puis elle a ajouté : «Ôte de ton habit les croix d'infamie : Dieu t'a pardonné tes errements». Elle a fini en disant : «C'est la dernière fois que je te parle, ma mère, mais je veillerai sur toi et sur vous tous depuis le Ciel».

Tandis que les assistants tombaient à genoux pour une action de grâces, Dulcie arrachait les croix qui proclamaient son ancien état d'hérétique. Les dominicains échangèrent un regard de dépit : il leur serait désormais impossible de poursuivre leur enquête sur l'au delà puisque Flors ne parlerait plus. Ils ne doutaient pas que Dulcie ait tout manigancé. C'était une maligne : elle était maintenant à l'abri de la suspicion, puisqu'elle ne portait plus les croix et qu'elle avait donné une sainte à l'Église. Pour ajouter à leur sentiment de s'être fait duper, il y avait l'air satisfait du bénédictin, tellement content de lui que cela en était indécent.

CHAPITRE XXV

Pendant le séjour à Saint-Thibéry, les rapports entre jacquaires avaient été réduits en raison de l'afflux des fidèles. Lorsqu'ils s'engagèrent sur la route de Béziers, le lendemain des obsèques, ils eurent l'impression de se retrouver en famille. Mais tout était changé : ils avaient oublié la personnalité falote de la morte au profit de la vierge sacrifiée qu'elle était devenue et avaient le sentiment que de l'avoir côtoyée faisait d'eux un groupe élu.

Dulcie, qui se prêtait au jeu avec complaisance, avait perdu sa servilité vis-à-vis des religieuses. Son mauvais caractère, par contre, était intact, et elle était d'autant plus déplaisante qu'elle se croyait désormais au dessus des simples mortels. Fabrissa et Julien cheminaient côte à côte. La peur de la jeune fille s'était diluée, et la scène des obsèques l'avait tranquillisée : Flors la martyre veillait sur les pèlerins et, se plaisait-elle à croire, sur elle en particulier. Elle s'appuyait sur la conviction que dans la nuit elles auraient pu être confondues et que, de ce fait, Flors lui devait une protection supplémentaire. Comme leur intimité n'avait pas eu de conséquences, Étienne s'inquiétait moins de voir les jeunes gens ensemble. Montreau aussi s'y était accoutumé au long des nuits de veille, et il ne réprouvait pas cette camaraderie. Et c'était bien ainsi que leurs relations avaient évolué : il n'y avait plus rien d'équivoque dans l'attitude de Fabrissa depuis qu'elle avait pris l'habitude de se confier à Julien. Lui, qui avait tant souhaité ce rapprochement, se rendait compte à quel point cela le desservait : il était devenu l'ami, celui à qui on raconte ses peines. Rien d'amoureux là-dedans. À mesure que le temps passait, cela devenait irréversible. Julien, embarrassé de ses appétences amoureuses inemployées, commençait à lorgner du côté de Fays.

La rancune de Vidian envers la jeune femme n'avait pas duré, et ils avaient repris ensemble la tête de la caravane en compagnie des inévitables Salines et Artigues. La bagarre avec Dulcie avait laissé à Fays un visage tuméfié qui virait au bleu-vert. Pour compenser, elle avait approfondi son décolleté jusqu'à la limite des tétons, ce dont les hommes ne s'offusquaient pas. Les dominicains et les cisterciennes avaient pris le parti de l'ignorer. Maria Belcaire maugréait que c'était une honte, ce qui était aussi l'avis de Dulcie, mais elles ne se parlaient toujours pas, et cela limitait leur capacité de nuire. Quant à l'aveugle, il n'en savait rien parce que personne n'avait pris l'initiative de l'en informer : il n'y eut donc ni menaces ni malédictions.

Sous le soleil de la route de Béziers, la caravane s'étirait. Les cavaliers avaient renoncé à partir devant et suivaient le rythme des marcheurs. Ils se tenaient en queue de cortège pour ne pas faire respirer à leurs compagnons la poussière soulevée par les chevaux. La région était plantée de vignes où les paysans, penchés sur les ceps, effectuaient les travaux de saison. La voie romaine, raisonnablement entretenue à l'aide de pierres ou de planches qui bouchaient les ornières, traversait cette campagne peuplée et florissante qu'aucune garrigue déserte ne venait interrompre. Le chemin était fréquenté : ils dépassaient des charrois de pierres ou de bois qui progressaient au pas lent des bœufs, croisaient des cavaliers ou des piétons.

Quand ils s'arrêtèrent pour manger, un peu en retrait du chemin, un équipage qui allait à Marseillan, reconnaissant des jacquaires, décida de faire la pause avec eux. Les voyageurs ne tardèrent pas à être informés des récents événements, et ils convinrent de se dérouter pour prier sur la sépulture de la bienheureuse Flors. Maria Belcaire regardait Dulcie se rengorger et ne décolérait pas. Cette rancœur et cette jalousie qu'elle n'osait pas exprimer la grugeaient. Son petit-fils en subissait les conséquences.

Laissant les adultes se vanter d'avoir eu une sainte parmi eux, André et Simon s'éloignèrent dans les vignes. Pendant les quelques jours passés à Saint-Thibéry, ils avaient été plus ou moins livrés à eux-mêmes. Après une matinée, cette liberté leur manquait déjà. Ils s'étaient amusés à épier tout un chacun et comptaient en faire autant à Béziers, où la caravane resterait jusqu'au dimanche pour assister aux célébrations de la Saint-Aphrodise. Avec des précautions de conspirateurs – dont ils s'étaient vite rendu compte qu'elles étaient inutiles –, ils avaient suivi les mercenaires et le pèlerin de métier, dont le principal centre d'intérêt était la plus proche taverne, où, dès le deuxième jour, ils faisaient figure d'habitués. Les trois compères avaient eu bien du mal chaque soir à réintégrer l'abbaye avant la fermeture des portes. Pendant les veillées, ils récupéraient, allongés sur les dalles, au fond de la chapelle. Les deux garçons, qui espéraient découvrir leur secret, avaient été déçus de ne rien apprendre de neuf.

Ils avaient aussi surveillé Fays, dont la destination était la même. La jeune femme s'était entendue avec le patron du bouge pour exercer ses talents chez lui et racoler sa clientèle. Elle officiait dans une stalle inoccupée du fond de l'écurie, sur de la paille fraîche. Là, les garçons n'avaient pas perdu leur temps : depuis le box voisin, parfaitement immobiles pour ne pas énerver le cheval qui aurait signalé leur présence, ils avaient complété leur éducation sexuelle à travers les interstices des planches.

Les deux espions avaient également noté que les tisserands faisaient de drôles de paroissiens. Visiblement peu au fait des subtilités du rituel, ils oubliaient de se signer, négligeaient le chapelet et marmonnaient les prières pour cacher leur ignorance des paroles. Les garçons avaient deviné qu'ils étaient hérétiques et savaient qu'ils seraient en danger si d'autres le remarquaient. À cause de la gentillesse d'Étienne à l'endroit de Simon, ils ne voulaient pas qu'il leur advienne malheur. Pour les protéger, ils avaient convenu de les garder sous surveillance afin de leur venir en aide s'ils faisaient un faux pas.

Allongés dans un sillon entre deux rangées de ceps qui les dissimulaient, ils goûtaient le plaisir d'être seuls, hors de portée des adultes, qui avaient toujours quelque chose à leur ordonner ou à leur reprocher. Ils firent une partie de dés, puis s'endormirent au soleil, ne s'éveillant que lorsqu'on les héla pour repartir.

CHAPITRE XXVI

Béziers se voyait de loin, qui dominait la plaine du haut de sa colline entourée d'un méandre de l'Orb. Les pèlerins purent l'admirer à loisir en approchant du lieu de l'étape, l'église Saint-Jacques, située à ses pieds, hors les murs. Trente ans auparavant, la première croisade avait mis Béziers à sac et exterminé ses habitants. Les faits étaient connus, et la ville exerçait sur les voyageurs un attrait fait d'horreur et de curiosité. Ils essayaient d'imaginer les hordes de ribauds qui avaient déferlé sur la riche cité et, surtout, ils étaient fascinés par la figure du légat du pape, Arnaud Amaury, qui, disait-on, avait ordonné, implacable et vengeur : « Tuez-les tous, Dieu reconnaîtra les siens ! »

Les jacquaires montèrent en ville après l'office du matin. Ils avaient hâte de découvrir le site de l'église Saint-Nazaire, que l'incendie avait fendue en deux et fait écrouler, ainsi que celui de la Madeleine, où des milliers de femmes, d'enfants et de vieillards avaient été assassinés.

Étienne, qui cheminait par hasard à proximité de l'aveugle, s'en éloigna brusquement pour ne plus l'entendre déverser ses louanges au sujet des croisés dans l'oreille accueillante de Dulcie, traîtresse à la vraie religion.

Feuillant les admirait d'avoir été impitoyables envers les hérétiques et regrettait que l'on fût en un temps de mollesse où le laxisme était de règle. Le tisserand, qui ressentait en ces lieux le deuil de sa foi et de son pays, eut une pulsion de violence. Il chercha Julien du regard. Par chance, le jeune homme était occupé à plaisanter avec Fabrissa Montreau. Plus emporté qu'Étienne, il aurait peut-être écrasé la bouche de l'aveugle pour lui imposer le silence. Le tisserand éprouva un certain plaisir à se représenter la scène.

Les pèlerins purent constater que les Biterois s'employaient à effacer les traces du passé. Saint-Nazaire était un vaste chantier où les bâtisseurs élevaient des murs à la mode du jour dont la pierre, qui se faisait légère, serait percée d'ouvertures nombreuses pour laisser passer la lumière. Ils construisaient la nouvelle église sur les vestiges massifs de l'ancienne : la base du clocher, l'avant-chœur et une partie du transept. C'était un lieu de vie, qui résonnait des ordres criés aux hommes perchés sur les échafaudages, des chants des ouvriers et de la rumeur du marché installé sur l'esplanade. Le site surplombait la plaine et la vue s'étendait jusqu'aux monts de l'Espérouse.

Tandis qu'ils s'ébaubissaient, un histrion en quête de public les informa que par temps clair on pouvait apercevoir la mer, distante d'environ trois lieues. Le temps était aussi clair que possible – il n'avait pas plu depuis des semaines –, mais ils eurent beau écarquiller les yeux, la ligne bleue qu'ils voyaient à l'horizon ne leur parut pas différente du ciel, et l'affirmation du jongleur les laissa sceptiques. Voyant qu'il ne faisait pas naître un grand intérêt avec la géographie, il s'essaya à l'histoire. Désignant la pente raide qui aboutissait au cours d'eau, il leur raconta que, lors de la prise de la ville par les croisés, des rivières de sang avaient dévalé jusqu'à l'Orb dont les flots s'étaient colorés de rouge. Là, le jongleur eut davantage de succès. Sentant les jacquaires prêts à fournir un noyau d'auditeurs, il sauta sur un bloc de pierre du chantier et harangua les chalands pour augmenter l'assistance :

— Écoutez, bonnes gens, l'histoire véridique de la prise de Béziers par l'armée de Simon de Montfort!

Les gens s'agglutinèrent autour de lui. Quand il jugea qu'il y en avait assez, il commença :

Nous sommes en juillet. En l'an 1209. C'est un jour de soleil, comme aujourd'hui, peut-être de marché. La rumeur se répand que les croisés arrivent. Le peuple monte aux remparts. À perte de vue, l'armée déferle sur la plaine. Les cavaliers brandissent des milliers de bannières, les chevaux hennissent, les armes résonnent. Les gens sont pris d'effroi. L'évêque les appelle à l'église. Il dit de se soumettre. Pour être épargnés, ils doivent ouvrir les portes de la ville. Mais ils ne veulent pas: les murailles sont hautes, ils se croient à l'abri. Ils résistent un temps, mais ne font pas le poids: quinze mille ribauds envahissent la ville. Ils égorgent, ils violent, ils vident les tonneaux, volent les plats d'argent, détruisent à plaisir. Rien ne les arrête, pas même les lieux saints. Mais les chevaliers arrivent, ils prennent leur butin et veulent les chasser. Alors, pour qu'ils n'aient point ce qu'ils leur ont ôté, les ribauds mettent le feu à Béziers. Tout brûle. La ville n'est plus que cendres. Leur exploit accompli, les croisés se reposent aux pieds des murs noircis. Trois jours plus tard, prêts à recommencer, ils partent à Carcassonne.

L'histrion savait rendre les fantômes vivants et il avait fait oublier la paix de cette journée de 1240. Certains de ses auditeurs avaient vécu le drame qu'il évoquait et il avait ravivé des souvenirs douloureux. Soudainement, il fit une cabriole et enchaîna sans transition avec une farce de maître Renart. D'abord surpris, le public se prêta au jeu et rit aux facéties du goupil avec une gaîté d'autant plus exubérante qu'elle était destinée à donner le change aux soldats français qui venaient grossir ses rangs. Le jongleur, qui les avait vus venir, était passé avec virtuosité d'un sujet que les conquérants n'aimaient pas à une farce qui les amuserait. Quand il salua, les spectateurs l'applaudirent avec fougue et mirent généreusement la main à la bourse.

En longeant la rue qui menait à Saint-Aphrodise, les jacquaires passèrent devant une place où l'on élevait un bûcher. Montreau demanda pour qui c'était. Des héré- tiques, lui dit-on, des nommées Cazès, Bernarde et Laure, que l'Inquisition avait condamnées la veille et que le bayle s'apprêtait à brûler. Ce dernier était justement en train de disparaître au coin de la rue avec ses archers, en route pour aller quérir Bernarde.

Étienne pâlit : l'homme avec lequel il devait prendre contact à Béziers s'appelait Cazès. Se pouvait-il que Michel Cazès soit le fils, le frère ou l'époux de celles qui allaient être exécutées ? Vraisemblablement, puisqu'il pratiquait la vraie religion. Les pèlerins, curieux, rattrapaient les soldats. Étienne suivit le mouvement. Des gens sortaient des mai- sons et leur emboîtaient le pas pour assister au spectacle. Le tisserand fut momentanément soulagé en voyant qu'ils se dirigeaient vers l'enceinte : si l'hérétique vivait hors les murs, elle n'était pas apparentée à Michel Cazès, qui résidait dans la cité.

Quand Étienne comprit qu'ils se rendaient au cime- tière, il espéra que son intuition était fausse. Mais il dut se rendre à l'évidence en regardant plus attentivement les gardes, que la foule lui cachait en partie : ils portaient, tel qu'il le craignait, des pioches et non des armes. L'hérétique avait été condamnée *post mortem*. Les soldats allaient l'exhumer afin de brûler ses restes. Il aurait préféré se retirer pour ne pas assister à la profanation de la tombe, mais la foule était dense, et il ne voulut pas se faire remarquer en agissant de façon bizarre. Tout le monde voulait voir : il serait devenu suspect s'il était parti au moment le plus intéressant.

Les hommes du bayle se mirent à creuser. Pour éviter de les regarder et essayer d'en savoir davantage, Étienne prêta attention aux rumeurs. Elles lui apprirent que Bernarde Cazès avait été enterrée au début de la semaine, selon le rite catholique. Un voisin avait aperçu le bonhomme venu lui donner le *consolament** et avait dénoncé les Cazès à l'Inquisition. Michel, le fils de Bernarde, avait eu le temps de fuir, mais le bayle avait emprisonné Laure, sa femme. Sous la torture, elle avait avoué qu'ils pratiquaient toujours la religion interdite. Elle serait brûlée en même temps que le cadavre de sa belle-mère.

Étienne allait être empêché d'accomplir sa mission à Béziers. Pour que ce soit encore possible, il faudrait qu'il parvienne à rencontrer un autre cathare, un ami de Michel Cazès. Il y en avait peut-être dans cette foule qui criait des injures à la morte, mais ils devaient se méfier pour éviter d'être repérés et de devenir à leur tour les victimes du tribunal ecclésiastique. Comment savoir à qui faire confiance ? Il jeta un regard sur le cercle qui entourait la fosse, à la recherche d'un signe, mais ils semblaient tous acharnés contre la condamnée. Il ne croisa que le regard de Julien. Le jeune homme était bouleversé et cela se voyait. Étienne lui fit un geste l'incitant à la prudence. Julien ferma les

---

*   *Consolament :* ce sacrement, au rituel unique, a pour rôle de baptiser ceux qui adhèrent à l'hérésie, d'ordonner les religieux ou d'intercéder auprès de Dieu pour obtenir le pardon des fautes des mourants.

yeux pour montrer qu'il avait compris. Le tisserand craignit qu'on ne les ait remarqués, mais un deuxième regard sur la foule le rassura : les gens attendaient que l'on sorte le cadavre avec une impatience et une curiosité malsaines. Cependant, quand le linceul apparut, l'odeur de vieille charogne était si forte que les premiers rangs reculèrent. Le bayle ôta le drap et fit avancer un homme pour qu'il identifie le cadavre. Le bruit se répandit qu'il s'agissait du voisin délateur. Étienne reconnut la voix de Dulcie qui en informait Feuillant, lequel approuva l'initiative de cet homme qui avait montré son sens du devoir en dénonçant les traîtres à l'Église. L'homme en question vira au vert quand il se pencha au-dessus de la morte. Confirmant son identité d'un mot bref, il fendit précipitamment la foule pour aller vomir.

Les portefaix déposèrent le cadavre sur une charrette, puis repartirent vers la ville, précédés d'un crieur qui psalmodiait : *Qui aytal fara, aytal perira*[*]. Les badauds suivirent en procession, évitant de marcher sur la traînée liquide qui provenait de la charrette : le cadavre perdait ses humeurs et l'odeur qui s'en dégageait était intolérable. Les Biterois se penchaient aux fenêtres pour les voir passer. Souvent ils se joignaient au cortège. On entendait ici et là des remarques haineuses et de grasses plaisanteries. Un homme rubicond sortit de chez lui. Bouchant son nez et roulant ses yeux de manière bouffonne, il désigna les traces pestilentielles et prit Étienne à témoin :

— Qu'est-ce qu'elle pue, la charogne d'hérétique ! Vivement qu'on la brûle !

Le tisserand réussit à hocher la tête en guise d'approbation, mais ne put émettre aucun son. Désireux de converser avec un interlocuteur plus réceptif, l'homme

---

[*]   Qui ainsi fera, ainsi périra.

chercha autour de lui et eut le plaisir de tomber sur un plaisantin ravi de lui donner la réplique. Étienne ralentit pour ne plus les entendre.

Ils arrivèrent sur la place. Laure Cazès y était déjà, ligotée à un fagot au sommet du bûcher, la robe souillée des crachats et des ordures que les gens lui avaient lancés au cours de la traversée de la ville sur la charrette d'infamie. Les portefaix déchargèrent la dépouille de sa belle-mère. Il y eut un conciliabule pour savoir dans quelle position elle serait brûlée. La foule hurlait. « Qu'on l'attache à la jeune ! Les deux pourritures ensemble ! » Mais c'était impossible : le cadavre corrompu était trop mou. Il fallut le poser sur les fagots.

Fabrissa avait réussi à se glisser au premier rang. Elle se pinçait le nez, mais ses yeux brillaient d'excitation. Julien ne put en supporter davantage. Il s'esquiva sans qu'elle s'en aperçoive et alla se réfugier auprès de son *socius*. Pour la première fois, Étienne eut un élan d'affection envers le jeune homme. Le fier-à-bras qui n'avait peur de rien, qui était prêt à pourfendre les bandits sans penser un instant qu'il mettait sa vie en péril découvrait concrètement la haine et ses effets. Il était frappé d'horreur à la perspective de voir brûler des adeptes de sa religion. Étienne se souvint que sa mère, dame Guillemette Vigordan, était connue pour sa grande piété. Dès qu'elle aurait établi son fils, elle deviendrait parfaite et irait par les chemins prêcher l'Évangile de Jean aux bons croyants. Julien devait penser à elle, l'imaginer à la place de Laure Cazès, en train d'afficher l'air serein de celle qui meurt pour sa cause, sa foi devenue plus forte encore d'avoir nécessité le sacrifice de la vie. Quand le bliaud de Laure s'enflamma, elle ne poussa pas un cri. Elle continua de bouger ses lèvres calmement et ses coreligionnaires, qui savaient qu'elle récitait une dernière fois le *Notre Père*, le dirent silencieusement avec elle. Julien étouffa un sanglot. Étienne, qui se contenait difficilement, lui pressa le bras. L'émotion menaçait de leur ôter toute prudence quand ils furent séparés par quelqu'un qui les secouait. C'était Simon, le petit-fils de la paralytique. Il se mit à crier et applaudir de toutes ses forces, et les encouragea du regard à l'imiter. Lorsque l'attitude de ses protégés fut conforme à ce qu'elle devait être, le garçon retourna à sa place derrière sa grand-mère. Autour des deux hérétiques, c'était le délire. Par chance, ceux qui les entouraient étaient trop fascinés par le spectacle pour les avoir remarqués. Ils réalisèrent que Simon venait de leur rendre un signalé service.

Très vite, la fumée entoura les corps et on ne distingua plus rien. Il n'y eut plus que l'horrible odeur de chair grillée qui fit aboyer de convoitise les chiens du quartier. Tant que le bûcher flamba, les gens demeurèrent sur place. Puis les flammes s'éteignirent et les gardes dispersèrent les braises pour qu'elles refroidissent plus rapidement. De leurs piques, ils repoussèrent les gens qui, au risque de se brûler, voulaient fouiller les cendres à la recherche d'un bout d'os ou d'une dent qui ferait un talisman ou l'ingrédient de base d'une potion miraculeuse. Nul doute que les gardes se réservaient ces débris pour les vendre au plus offrant.

La foule se dispersa. Julien vit que Fabrissa le cherchait. Elle avait le visage encore chaviré par la jouissance morbide que lui avait procurée l'exécution. Écœuré, il se détourna et s'engagea dans une ruelle pour lui échapper. Étienne, qui lui avait emboîté le pas, s'aperçut qu'ils étaient suivis. Il avertit Julien. Le jeune homme se raidit, serra les poings, prêt à se battre.

Étienne le calma :

— Il est seul et on est deux. On ne risque rien. Laissons-le nous rejoindre.

Ils restèrent sur le qui-vive, prêts à fuir ou à se défendre. L'homme arriva à leur niveau et murmura :

— Que Dieu vous mène à bonne fin.

Après une hésitation due à la surprise, ils répliquèrent :

— Que Dieu vous mène à bonne fin.

Il leur glissa, avant de s'éclipser :

— Rue de la Parcheminerie. Troisième maison. Celle du sabotier. Dimanche. Pendant la procession.

CHAPITRE XXVII

Il y avait trois longues journées à attendre, que les deux complices passèrent à se reprocher leur imprudence. Pour que Simon les mette en garde et que l'homme qui les avait contactés les identifie si facilement, il avait fallu que leurs sentiments soient bien visibles. Pendant ces trois jours qui les séparaient du rendez-vous, ils s'appliquèrent à donner l'image de pèlerins exemplaires, ne manquant aucun office, aucune vigile, aucune visite de sanctuaire.

Julien avait été troublé par la crémation des deux femmes. Il semblait avoir enfin compris les dangers qu'ils encouraient. Élevé à la cour d'Aragon, tolérante envers les cathares, il n'avait jamais eu l'impression d'appartenir à une minorité persécutée. Maintenant qu'il avait vu de quoi l'Inquisition était capable, les sentiments de mépris et de crainte qu'on lui avait inculqués à l'endroit des catholiques reposaient sur sa propre expérience. Il avait pu constater qu'ils étaient sectaires et sans pitié, qu'ils adoraient les images et bafouaient l'Évangile. Le jeune *faidit* éprouvait désormais pour Fabrissa une aversion teintée de répugnance. Sans l'intervention d'Étienne, qui l'avait mis en garde contre un changement d'attitude propre à susciter des questions, il aurait cessé de la fréquenter. La haine qu'elle avait montrée à l'égard des hérétiques et le plaisir manifeste que lui avait donné le bûcher lui faisaient horreur.

Fermement décidé à assister à la réunion avec Étienne, il se demandait comment éviter de suivre la procession avec Fabrissa lorsque son problème fut résolu par l'orfèvre : il exigea de sa fille qu'elle se tienne à ses côtés. Avec une grimace de dépit et de regret, elle quitta Julien, qui réussit à faire passer son sourire de soulagement pour un geste d'amitié.

Les Biterois étaient tous dans la rue pour commémorer Aphrodise, protecteur de la cité depuis les temps lointains des débuts du christianisme. La légende disait que, lorsqu'il était gouverneur d'Égypte, Aphrodise avait abrité la sainte Famille fuyant Hérode. Plus tard, de Rome, alors qu'il faisait partie des disciples chrétiens, Pierre l'envoya évangéliser la Narbonnaise. Monté sur son chameau, Aphrodise alla jusqu'à Béziers, où il s'installa dans une grotte. Son prêche eut un tel succès que les autorités, pour y mettre fin, le condamnèrent à mort : on le décapita et sa tête fut jetée dans un puits. C'est alors qu'un miracle se produisit : l'eau monta jusqu'au bord et le saint put récupérer sa tête. Il la porta dans ses mains jusqu'au lieu où, par la suite, on édifia l'église qui portait son nom.

Des étoffes brodées pendaient aux fenêtres au-dessus des voies pavées, que les Biterois, pour honorer leur saint, avaient nettoyées de leurs immondices. Balayée et lavée à grandes seilles d'eau péniblement remontées de l'Orb, jonchée de fleurs, la ville sentait presque bon. Le cortège sortit de l'église Saint-Aphrodise pour parcourir les rues de la cité. En tête, portée par un homme aux bras solides, venait la bannière représentant le saint et son chameau ; suivaient le clergé en habits rutilants et les fidèles qui chantaient des cantiques.

Les envoyés de Trencavel quittèrent l'église Saint-Jacques avec les autres jacquaires. Dès qu'ils franchirent les portes et furent intégrés au flot qui se dirigeait vers le départ de la procession, ils s'esquivèrent. Arrivés rue de la Parcheminerie, ils s'engouffrèrent dans la maison dont la porte, surmontée d'une enseigne de sabotier, était légèrement entrebâillée. À l'intérieur de l'échoppe encombrée de bois et d'outils, ils retrouvèrent l'homme qui les avait contactés. Il n'était pas seul : il y avait avec lui un petit groupe qui entourait un parfait, reconnaissable à sa robe noire et à la marmite accrochée à sa ceinture. Ce récipient lui permettait de cuire à part ses aliments afin qu'ils n'aient pas de contact avec un contenant ayant reçu de la graisse animale, car sa croyance que l'homme pouvait se réincarner en bête lui interdisait l'alimentation carnée. Tout le monde se tourna vers les nouveaux venus, qui s'inclinèrent devant le bonhomme, firent les trois génuflexions rituelles et reçurent sa bénédiction. Puis Étienne se présenta et dit le nom de son *socius*. Il se tourna ensuite vers celui qu'ils avaient rencontré à la procession et l'assura qu'ils avaient été depuis lors d'une extrême prudence.

— Ne vous inquiétez pas, leur répondit-il, à part le garçon qui vous a avertis de faire attention, je suis le seul à vous avoir remarqués. J'ai vu que vous ne partagiez pas le plaisir des assistants, et j'ai pris le risque de vous dire une phrase qui vous éclairerait, c'est tout. Mais vos voisins n'ont rien vu : ils aimaient trop le spectacle.

Soulagé, l'envoyé de Trencavel raconta d'où ils venaient et exposa leur mission. Après le coup qui venait de leur être infligé, cela rendit les vrais croyants et leur ministre particulièrement heureux. Ils en étaient à faire des projets d'avenir quand Étienne objecta :

— Je crains la réaction des gens : ils ont l'air de tellement haïr les nôtres…

— Bah ! souffla un homme avec dédain, ils sont prêts à voir brûler n'importe qui pour se distraire. Mais quand notre seigneur Raimond va entrer dans la ville, ils seront tellement contents de le voir chasser les Français qu'ils lui feront un triomphe. Vous savez, ici, on n'a pas oublié le massacre de la Madeleine.

Autour d'eux, les assistants approuvaient, convaincus, et Étienne se dit qu'ils devaient avoir raison.

Ils se recueillirent ensuite pour écouter le prêche du parfait. Le religieux tenait dans ses mains le livre de Jean, mais il ne l'ouvrit pas, car il connaissait par cœur la parole de l'évangéliste. Lorsqu'il eut terminé, il bénit les assistants, qui s'en allèrent aussitôt pour se mélanger à la foule avant la fin de la cérémonie. Étienne et Julien arrivèrent assez tôt à l'église Saint-Aphrodise pour que l'on ne s'aperçoive pas de leur absence. Malgré les embûches, la mission de Béziers avait été accomplie.

CHAPITRE XXVIII

Fontcaude représentait un léger détour par rapport à la route directe qui les aurait conduits à Quarante, mais il n'y eut pas de contestation : l'abbaye des prémontrés, installée à proximité de la source d'eau chaude, avait la réputation d'être accueillante envers les jacquaires, et la source elle-même, qui guérissait bien des maux, exerçait un puissant attrait sur les infirmes et les malades. Les envoyés de Trencavel étaient plus intéressés encore à y aller, car ils devaient prendre contact avec le seigneur du château de Cazedarnes, tout proche de Fontcaude. Là où apparut une dissension, ce fut sur la façon de s'y rendre : les plus férus de tourisme – Fabrissa, qui avait l'énergie de la jeunesse et le goût des nouveautés, les hommes qui possédaient des montures et Maria Belcaire, qui n'avait aucun effort à fournir – tenaient à suivre le cours de l'Orb vers Merviel-lès-Béziers parce qu'ils voulaient absolument voir le chaos de Réal dont on leur avait parlé. C'était un lieu où d'énormes rochers semblaient avoir été jetés pêle-mêle par des géants, et il eût été dommage de passer à côté. C'était du moins ce que Fabrissa répétait à son père, qui d'ordinaire ne lui refusait pas grand-chose. Mais le bon sens l'emporta : non seulement il aurait été impossible de faire rouler le charreton dans les rochers, mais les chevaux s'y seraient cassé les pattes.

Ils prirent donc le chemin qui traversait les villages de Maraussan et de Cazouls, tous deux pourvus d'une source où remplir les gourdes, d'une place ombragée où se reposer et d'habitants charitables. Peu à peu, les vignes laissèrent la place à une végétation plus sèche, et les cultures vivrières se limitèrent aux oliviers.

L'abbaye des prémontrés était riche. Sa double vocation, claustrale et agricole, voulue par saint Norbert, le fondateur de l'ordre, était visible dans l'architecture. Les bâtiments religieux – la salle capitulaire, le cloître, le scriptorium – se prêtaient à la vie monastique la plus contemplative et la plus studieuse, mais il y avait aussi le moulin à huile, alimenté par les oliveraies que les pèlerins avaient traversées en venant, et la fonderie de cloches, célèbre à des lieues de distance. L'abbaye était pourvue d'un hôpital d'ordinaire assez vaste pour loger tous les pèlerins de passage, mais on était à la veille de la Saint-Norbert, et les moines, débordés, avaient du mal à accueillir tous les arrivants.

À leur arrivée, Étienne entraîna Julien à la chapelle.

— On va rester ici le temps que les moines donnent les places de dortoir aux autres. Avec un peu de chance, ce sera plein quand on se présentera et ils nous logeront dans une autre salle. Avec le pèlerinage, ils sont obligés de mettre des gens un peu partout.

Le calcul était bon : on les plaça dans une grange, à l'opposé du dortoir de leurs compagnons. Julien affecta d'en être dépité lorsqu'il en parla à Fabrissa, mais s'opposa vivement à sa proposition de faire intervenir son père pour qu'ils fassent un échange avec des inconnus. Il eut la présence d'esprit de prétendre offrir à Dieu cette petite épreuve, et elle ne put qu'acquiescer.

Julien et Étienne se présentèrent très tôt le lendemain matin à la forteresse, où ils tombèrent sur une grande effervescence dont ils apprirent la raison par un des gardes du pont-levis : le seigneur, prénommé Norbert, avait organisé des festivités pour honorer son saint patron. Il était parti dès l'aube, avec ses convives, pour une grande chasse. Au retour, il assisterait aux vêpres à Fontcaude, et le soir, il y aurait un banquet. C'était une chance : la noblesse des environs y serait au complet, ce qui permettrait à Étienne d'informer tout le monde en même temps de la décision de Trencavel. Restait à être admis au banquet. Il confia le sceau du vicomte au garde, à qui il demanda de le remettre à la dame du château. Elle les reçut aussitôt.

Dame Gourdane délaissa l'angle éclairé de la grande salle où elle conversait avec ses invitées pour venir au-devant des messagers. C'était une toute jeune femme que le seigneur, beaucoup plus âgé, venait d'épouser en troisièmes noces. Ses deux épouses précédentes étaient mortes en couches. Celle-ci était grosse, d'ailleurs, et visiblement fort près du terme. S'étant fait confirmer par les deux hommes qu'ils étaient des envoyés de Trencavel, elle les convia au banquet, comme ils l'espéraient. Elle n'essaya pas d'apprendre la teneur du message : ce qui l'intéressait, c'était la cour d'Aragon. Fille de *faidit*, elle y avait été élevée, et ne l'avait quittée que pour devenir la dame de Cazedarnes. En disant ces mots, elle ne put réprimer une grimace de contrariété que ses interlocuteurs feignirent de ne pas remarquer. Julien lui répondit de bonne grâce, mais ils étaient continuellement interrompus par des gens qui attendaient ses ordres pour organiser la soirée. Dans un premier temps, elle les renvoya en promettant de s'en occuper bientôt puis, excédée, elle finit par charger une matrone rébarbative, sans doute son intendante, de la remplacer. Étienne, qui était en dehors des propos échangés et avait le temps d'observer les gens, vit dans le regard de la femme un vague dédain à l'égard de la châtelaine qui faisait passer son plaisir avant son devoir. Mais celle-ci n'en avait cure : elle savait bien que le soir Julien serait accaparé par son époux et que ce serait trop tard pour parler avec lui. C'était le moment ou jamais d'avoir des nouvelles de sa famille et de ses amis. Le jeune homme faisait de son mieux pour répondre à la rafale de questions. Sur les amies de dame Gourdane, il ne savait pas grand-chose : il pouvait seulement dire s'il les avait vues à telle ou telle occasion, mais cela suffisait à la jeune femme pour se représenter les fêtes qu'elle avait manquées. Il apparut que Jordane Rivel avait été de ses intimes. Quand son nom fut jeté, Julien rougit, et la dame devina l'intérêt qu'il lui portait. Ses questions se firent plus pressantes, mais elle comprit vite qu'il n'avait pas de véritable idylle à raconter et changea de sujet. La châtelaine nourrit sa nostalgie aux récits de Julien aussi longtemps qu'elle le put, mais elle dut se résigner à congédier les visiteurs : il y avait trop à faire.

Les deux complices retournèrent aussitôt à la maison des hôtes du monastère participer aux dévotions avec leurs compagnons de route. Maria Belcaire, qui espérait une guérison miraculeuse d'un bain dans la source, mais qui ne pouvait pas le prendre sans leur assistance, montra son déplaisir d'avoir dû les attendre. L'aide des tisserands était devenue pour elle non seulement normale mais obligatoire, et elle tendait à être aussi tyrannique à leur égard qu'envers Simon. Julien faillit la remettre à sa place, mais Étienne lui coupa diplomatiquement la parole. Ils avaient fait une bonne partie du chemin, et il n'y avait plus beaucoup de temps à endurer ses exigences : mieux valait ne pas indisposer cette méchante femme qui, si elle était mécontente, en ferait subir les conséquences à Simon, ce que ni Étienne ni Julien ne voulaient. Il y avait également un avantage moral à supporter Maria Belcaire : vu qu'elle était odieuse, en s'occupant d'elle, ils montraient à leurs compagnons qu'ils étaient prêts à gagner durement une part supplémentaire de paradis. Cet acte de charité les posait en chrétiens accomplis.

Après les vêpres, Étienne et Julien s'esquivèrent. Ils avaient profité de la cérémonie pour observer subrepticement Norbert de Cazedarnes. En âge d'être le grand-père de son épouse, il n'avait toutefois pas l'air d'un vieil homme, car son corps avait gardé une sveltesse que ses contemporains n'avaient plus. Au lieu de le vieillir, sa chevelure blanche, qui lui tombait aux épaules, le faisait paraître plus jeune qu'on ne s'y fût attendu pour une tête chenue. Ce n'était pas tant l'aspect physique de son mari qui devait déplaire à la dame de Cazedarnes que son caractère, que l'on pouvait imaginer dominateur et exigeant rien qu'au regard qu'il portait sur chacun. Ce qui était un défaut chez un époux était sans nul doute une qualité chez un chef de guerre : les vassaux du seigneur de Cazedarnes devaient lui obéir sans discussion, ce qui en ferait un allié de choix pour le vicomte.

La grande salle du château avait été apprêtée pour la fête. Quoiqu'elle fût de dimensions respectables, ses murs étaient entièrement recouverts de tapisseries. Étienne et Julien, qui ne connaissaient personne, firent le tour pour les regarder en attendant le banquet. Elles représentaient des scènes de chasse ou de guerre. Sur l'une d'elles, on voyait un seigneur courre un cerf, précédé d'une meute nombreuse. Ses hommes le suivaient au galop, alors que les femmes entouraient la dame, toute de blanc vêtue, montée sur une haquenée, blanche elle aussi, s'apprêter à décapuchonner un faucon avant de le lancer vers un vol de perdrix. Une autre tapisserie montrait une bataille dans un paysage exotique. La Terre sainte, probablement. Il y avait des constructions étranges et une végétation qui ne l'était pas moins. Quant aux cavaliers qui combattaient les croisés vêtus de fer, ils étaient enveloppés d'étoffes blanches qui gonflaient au vent de la course de leurs petits chevaux nerveux, semblables aux voiles d'une nef. Ils portaient, haut levées, des armes inconnues dont les lames courbes accrochaient les rayons du soleil.

Julien, émerveillé, murmura :

— Je donnerais tout ce que j'ai pour aller combattre en Orient.

Étienne eut la tentation de lui faire remarquer qu'il n'avait pas grand-chose à donner, et que, par ailleurs, les guerres contre les païens ne concernaient pas les vrais croyants. Mais il s'abstint : il était normal qu'un jeune homme de sa condition ait des rêves de gloire et d'aventure. Il avait découvert, à l'étape précédente, que Julien n'était pas un mauvais garçon : avec le temps, il ferait un homme estimable.

Un garde les conduisit au seigneur qui voulait leur parler avant le banquet. Il les attendait dans le renfoncement de la salle isolé par des courtines où était installé son lit. Il tenait à la main le sceau de Trencavel qu'ils avaient laissé à dame Gourdane.

Norbert de Cazedarnes était aussi autoritaire et froid qu'il le paraissait. Il se fit délivrer le message, mais ne manifesta pas les sentiments que cela lui inspirait. Ce n'est qu'après avoir appris l'identité de Julien qu'il montra quelque humanité :

— Ton père était un brave, dit-il au jeune homme, il faut que tu lui fasses honneur au champ de bataille.

Tandis que Julien redressait fièrement la taille en protestant de sa bravoure et de son désir de lutter contre l'ennemi, Étienne se rassura : la phrase adressée au jeune homme prouvait que le châtelain participerait à la reconquête.

Le banquet était fastueux. Le tisserand se demanda si leur hôte était riche à ce point ou s'il se faisait un devoir de narguer la misère du temps en dépensant sans compter pour que cette réception éblouisse ses vassaux. Il se souvint que les Français avaient rendu leurs terres à la plupart des seigneurs vaincus, dans le but de gagner, sinon leur sympathie, du moins leur neutralité. Les biens à l'origine de l'aisance qu'il affichait, le seigneur de Cazedarnes semblait prêt à les mettre en jeu pour soutenir son suzerain, mais ses vassaux ? Il dut attendre plusieurs heures avant de le savoir : les chasseurs, affamés par une journée à cheval, puisaient à pleines mains dans les plats de gibier et de volailles dont rien n'eût pu les détourner. Julien, que l'alimentation fruste des pèlerins ne contentait pas, était le premier à se goinfrer. Quant à Étienne, il était convié pour la première fois à la table d'un seigneur, et il n'en revenait pas. Toutes ces viandes en même temps ! Et le pain ! Le pain d'ordinaire si précieux, ici, les gens ne le mangeaient pas : ils posaient leur nourriture dessus, puis, quand il était trop imbibé de sauce, ils le jetaient aux chiens ! Lézat voulut refuser la viande, car les parfaits n'en mangeaient jamais. Il n'avait pas encore reçu le *consolament* d'ordination, bien sûr, mais il s'efforçait de se comporter comme si c'était le cas chaque fois qu'il le pouvait. Dans le quotidien, il ne lui était pas difficile de se priver de chair, car il n'avait guère les moyens d'en acheter. Aujourd'hui était cependant un jour spécial, et il se dit que, s'il n'en mangeait pas, il allait se faire remarquer, sans penser qu'en ce lieu il ne risquait rien : le seigneur de Cazedarnes et ses invités étaient tolérants envers les cathares, quand ils n'étaient pas hérétiques eux-mêmes. Et puis, pourquoi ne pas se l'avouer, ces bonnes odeurs lui mettaient l'eau à la bouche. Il décida d'oublier pour une fois ses principes et de profiter de ce qui lui échoyait.

Lorsque tout le monde fut rassasié, un héraut sonna de la trompe pour requérir l'attention. Le calme se fit et Norbert de Cazedarnes informa ses invités qu'ils avaient parmi eux un envoyé du vicomte. Ignorant Étienne, il présenta le jeune Vigordan, qui fut accueilli par un bourdonnement flatteur : son père avait laissé de grands souvenirs. Le tisserand dut admettre en son for intérieur qu'il avait été pertinent de lui adjoindre le jeune *faidit* : lui-même n'était pas un interlocuteur valable, car pour ces gens-là seul le lignage comptait.

Cazedarnes invita Julien à parler. Un peu ému, le jeune homme commença d'un ton sourd. Du bout de la table, on lui cria de parler plus fort. Il se racla la gorge, prit une grande inspiration, puis annonça d'une voix plus assurée que leur suzerain entrerait en campagne avant les vendanges pour reconquérir ses territoires et qu'il comptait sur eux. Il fut ovationné.

Passée la première joie, ils voulurent savoir quelles forces le vicomte aurait à opposer à ses adversaires. D'abord, bien sûr, les *faidits* qui l'entouraient. On en fit le compte pour constater qu'ils n'étaient pas légion : certains étaient morts et beaucoup d'entre eux avaient regagné leurs terres.

— Et le roi d'Aragon?

— Il souhaite la réussite du projet, mais il doit garder l'apparence de la neutralité.

— Autrement dit, il ne fera rien, remarqua un homme âgé avec une ironie amère.

— Nous nous passerons de lui, affirma Cazedarnes, nous chasserons les Français tout seuls.

«Dehors, les Français!» claironna la tablée d'une seule voix.

Quand le vacarme laissa la place à un calme relatif, Julien ajouta:

— Notre suzerain espère beaucoup du comte de Toulouse.

La réaction fut loin d'être celle qu'il escomptait: elle alla de la colère au mépris sans être tempérée par la moindre remarque positive. Le comte était un traître, un capon qui ne lèverait pas le petit doigt: il était incapable de faire quelque chose pour lui-même, alors pour le vicomte... Étienne devina qu'ils en avaient souvent parlé. L'infamant traité de Meaux pouvait être vieux de onze ans, leur indignation n'avait pas faibli: de l'avis général, le grand seigneur qu'était Raimond n'aurait jamais dû accepter l'humiliation des verges et de l'amende honorable. Il s'était laissé traiter comme un criminel. Quelqu'un fit remarquer que criminel était l'épithète qui lui convenait le mieux puisqu'il avait accepté que les Français lui cèdent des terres de Trencavel en récompense de sa trahison.

Étienne se souvint du parfait de Valmagne: quoique exprimée différemment, son opinion était la même. Raimond le septième n'inspirait pas confiance. Selon les gens réunis à Cazedarnes, le vicomte ne bénéficierait pas de son aide. Si Raimond n'intervenait pas contre lui, ce serait déjà beaucoup. Mais sans lui, se demanda le tisserand, avait-il des chances de gagner ? À regarder ces seigneurs belliqueux, il avait envie de répondre par l'affirmative. Dans toute la vicomté, il y avait en ce moment des messagers comme Julien et lui qui mobilisaient des seigneurs comme ceux-ci. Oui, tout irait bien. Avec ou sans le comte de Toulouse.

Étienne fut soudainement pris de nausée et n'eut que le temps de se précipiter hors de la salle pour vomir son repas dans la cour. Il avait mangé trop et trop vite, et son estomac s'était révolté contre ces nourritures auxquelles il n'était pas habitué. Quand il eut tout rendu, il se sentit écœuré et les jambes molles. Il demeura un moment dans la cour pour reprendre des forces.

Pendant ce temps, Cazedarnes demandait à Julien quel avait été son itinéraire jusque-là et où il irait ensuite. Il y eut des commentaires à ce sujet, qui tous allaient dans le même sens : à leur avis, ceux auxquels il allait parler répondraient à l'appel du vicomte. On demanda aussi à l'émissaire de Trencavel sous quel déguisement il voyageait. Au fil des questions et des réponses, le jeune homme finit par raconter les meurtres et la croyance des jacquaires en l'intervention de la Bête. Ses auditeurs étaient passionnés, et Julien, qu'au début cela gênait un peu, se trouva tout faraud de retenir l'intérêt d'une tablée aussi prestigieuse. Quand il n'eut vraiment plus rien à ajouter, le seigneur de Cazedarnes appela l'amuseur qui attendait son tour :

— Approche, ménestrel ! Tu dois en connaître, toi, des histoires de loups-garous. Viens nous en dire une !

L'homme se hissa sur un tabouret placé au centre des tables disposées en *U*. Les conversations cessèrent.

Il salua l'assemblée, joua quelques accords et commença :

— Puisque le noble voyageur va passer près de Cabaret, je vais vous raconter la mésaventure du troubadour Pierre Vidal, qui eut la folle idée de se déguiser en loup pour plaire à sa dame.

Il y avait au château de Cabaret, enchaîna-t-il, *une dame belle et bien éduquée. On l'appelait Loba, la louve. Pierre Vidal, le troubadour attaché au château, jouissait de l'estime et de l'affection de son maître, qu'il admirait et respectait. À la dame, il portait un grand amour, mais elle aimait se moquer de lui et feignait de ne pas être sûre de son attachement. Un jour, pour lui prouver la profondeur de ses sentiments, il lui dit : « Louve, pour toi, je me transformerai en loup ». Il recouvrit son corps d'une peau de loup fraîchement tué et s'en alla dans la forêt. Sur ces entrefaites, l'époux de la dame partit à la chasse. Ses limiers sentirent l'odeur du fauve qui était restée accrochée à la peau dont Pierre Vidal le fol avait recouvert son corps. Ils se jetèrent à sa poursuite. Le malheureux s'enfuit à toutes jambes, mais que pouvait-il faire contre des chiens, même s'il avait le pied leste en bon troubadour habitué à courir les chemins ? Il se déchirait aux ronces, trébuchait, se relevait et repartait, les chiens sur ses talons. Enragés par l'odeur du loup, ils aboyaient à la mort. Ils finirent par le rejoindre. Ils l'entourèrent, les babines retroussées, l'écume à la gueule, prêts à attaquer. Terrifié, Pierre Vidal crut qu'ils allaient le dévorer. Et c'est bien ce qui serait arrivé si l'époux de Loba, le seigneur de Penautier, n'avait pas eu pitié de lui : il retint ses chiens et ramena le fol au château pour soigner les blessures dont son corps était couvert. La dame et ses amis rirent beaucoup de l'aventure, ce qui meurtrit le cœur du troubadour aussi cruellement que son corps l'avait été*[*].

---

[*]   D'après la *Razó* du poème de Pierre Vidal « *De chantar m'era laissatz* ».

Le ménestrel salua avant de conclure :

— Vous venez d'entendre la véritable histoire de Pierre Vidal, qui commit la folie de se transformer en loup pour plaire à sa dame et faillit y laisser la vie.

On l'applaudit, on se gaussa de Pierre Vidal et on enchaîna naturellement sur Cabaret, dont les forteresses avaient été assiégées et conquises par les Français – que le Diable les emporte ! Les événements étaient anciens, mais la rancune restait vive et le désir de revanche intact.

Réclamées par les jeunes, les danses suivirent, auxquelles dame Gourdane fut empêchée de participer en raison de son état. Étienne, qui avait regagné sa place, mais se gardait bien de toucher aux dragées, écorces d'oranges confites et sucre rosat sous lesquels la table croulait, l'observa : elle semblait s'ennuyer au possible, coincée à la table d'honneur entre son époux et le plus vieux de ses vassaux. Elle bâillait aux discours des deux hommes qui parlaient au-dessus de sa tête et regardait avec envie le groupe de jeunes si pareil à celui dont elle faisait partie il y avait peu. Quand ils se mirent à danser, elle frappa discrètement la mesure sur la table. Étienne aurait juré qu'elle mourait d'envie de les rejoindre.

Les deux messagers de Trencavel dormirent au château, dans la grande salle transformée en dortoir par les serviteurs qui enlevèrent les plats, rangèrent contre les murs les plateaux et les tréteaux des tables et ramassèrent les ordures que les convives avaient jetées à terre. Puis tout le monde s'enroula dans les fourrures. On entendit encore parler et rire un certain temps, mais le vin, la bonne chère et la fatigue de la chasse aidant, cela ne dura pas.

Au matin, Étienne et Julien quittèrent la forteresse dès l'ouverture des portes et arrivèrent à temps à Fontcaude pour le début de l'office. Les jacquaires reçurent la bénédiction du supérieur des prémontrés, puis la caravane s'ébranla en direction de Quarante, le pas rythmé par le son aigrelet des clochettes achetées en souvenir à la fonderie du monastère, et qui sonnaient à l'intérieur des baluchons. Les envoyés de Trencavel se réjouissaient d'avoir si facilement réussi à berner tout le monde quand Artigues, passant près d'eux, leur fit un clin d'œil complice et murmura :

— Vous avez eu du plaisir cette nuit ?

CHAPITRE XXIX

Le maquis et les oliviers laissèrent la place à des vignes traversées par des chemins bien entretenus. Les voix qui chantaient les cantiques étaient joyeuses et l'atmosphère à l'optimisme. Les jacquaires étaient contents : l'étape s'était bien passée. Il n'y avait pas eu de miracle, certes, et chacun traînait les mêmes misères, mais il n'était pas arrivé de nouveau malheur. Les marcheurs de Dieu l'attribuaient à Flors, qui veillait sur eux depuis le paradis. Sa mère, d'ailleurs, le rabâchait à l'envi, et son insistance mettait à rude épreuve les nerfs de ses compagnons. À la halte de la mi-journée, ils s'arrêtèrent au bord du Lirou, petite rivière dont les berges herbeuses se prêtaient bien au casse-croûte et au repos.

Les deux garçons profitèrent de la sieste des adultes pour patauger dans la rivière. Il y avait des écrevisses qui filèrent sous les pierres à leur approche. André montra à Simon, trop impatient, comment s'y prendre pour les capturer. Il ne suffisait pas de rester immobile pour qu'elles perdent leur méfiance. Il fallait aussi tenir compte de la place que l'on occupait par rapport au soleil : si les écrevisses voyaient l'ombre au-dessus d'elles, elles sentaient le danger et s'enfuyaient. Ils en capturèrent des douzaines, qu'ils mangeaient aussitôt prises. Après le pain sec du repas, c'était à se pourlécher.

Des gémissements en provenance de la rive opposée attirèrent leur attention. À en juger par la faiblesse des cris, ils provenaient d'un jeune animal. Les deux garçons explorèrent les buissons et découvrirent un chiot de petite taille qui les accueillit sans crainte. André le prit délicatement, et l'animal lui téta les doigts. Ils comprirent qu'il avait faim, mais ils n'avaient rien à lui donner. Simon lui présenta dans ses mains en coupe de l'eau que l'animal lapa avant de se remettre à gémir. Il attrapa une écrevisse, la décortiqua et la lui présenta. Le chiot fit une grimace écœurée et détourna la tête, ce qui provoqua le rire des garçons. Ils allèrent le montrer à Fabrissa dans l'espoir qu'elle lui donnerait à manger. La jeune fille ne dormait pas et s'ennuyait. Elle regrettait de ne pouvoir bavarder avec Julien, qui s'était assoupi. L'attitude du jeune homme était bizarre. Elle avait la vague impression qu'il la fuyait, mais elle ne s'en expliquait pas la raison. Avec leur trouvaille, les garçons la tirèrent de sa morosité. Elle s'empressa d'explorer les fontes du bât d'où elle tira du pain et du fromage dont elle fit de tout petits morceaux qu'André mit dans la gueule du chiot. Les grognements de l'animal exprimèrent la satisfaction et ses sauveteurs étaient contents. L'estomac plein, le chiot lécha la main de celui qui l'avait nourri et le mordilla de ses jeunes dents aussi fines et pointues que des aiguilles. André, ravi, le caressa de sa main libre.

Quand Montreau donna le signal de repartir, ils n'avaient pas vu le temps passer. André, le chiot dans ses bras, reprit son poste auprès de l'aveugle, qui lui posa la main sur l'épaule. Percevant l'odeur de la bête, Feuillant tâtonna sur le corps du garçon pour en chercher l'origine.

— Qu'est-ce que c'est que ça? dit-il en colère lorsqu'il sentit la fourrure sous ses doigts.

Le muet adressa un regard suppliant aux gens qui l'entouraient, mais avant que quiconque ait pu donner une explication, l'aveugle attrapa le chiot et le lança à la volée. La malchance voulut que la petite bête aille s'écraser contre un des arbres qui bordaient le chemin. Elle tomba dans l'herbe sans un cri. Tout le monde resta figé de saisissement.

Fabrissa, bouleversée, jeta d'une voix que l'émotion rendait anormalement aiguë:

— Vous l'avez tué! Pourquoi? Il ne vous gênait pas. On l'aurait nourri. Et puis André l'aimait bien.

— Il ne faut s'attacher qu'à Dieu, répliqua-t-il d'un ton sec.

Il laissa passer un silence, puis il répéta :

— Il ne faut s'attacher qu'à Dieu.

Puis il ajouta en se mettant en marche :

— Allons-y, nous avons perdu assez de temps.

Les chants ne reprirent pas avec la joie du matin. L'incident avait secoué les pèlerins, et le désespoir silencieux des deux garçons les mettait mal à l'aise. Même Maria Belcaire s'abstint pendant un moment de morigéner son petit-fils.

CHAPITRE XXX

L'église Sainte-Marie, à Quarante, frappa les jacquaires par son aspect extérieur : vieille de plusieurs siècles, elle ressemblait plus à une forteresse qu'à un lieu de culte. Sa légende la datait du temps de Charlemagne, qui l'aurait fait construire au-dessus des sépultures de quarante martyrs. Le souvenir de l'empereur si populaire, associé à celui des martyrs, donnait au lieu une aura de pérennité qui forçait le respect. À l'intérieur, ce qui avait le plus impressionné les pèlerins, c'était les personnages sculptés sur de très anciens sarcophages. Contrairement à ceux qu'ils avaient l'habitude de voir, les visages de pierre étaient tous différents et arboraient des expressions facilement identifiables : la colère, la peur, la joie, le triomphe.

Quand ils sortirent de l'église, l'hôpital des cisterciens qui les accueillait n'était plus aussi calme qu'à leur arrivée. Entre-temps, deux moines étaient survenus avec une nouvelle qui avait secoué leurs confrères : un fragment de la Vraie Croix avait été dérobé à l'abbaye de Vignogoul. Mandatés par leur supérieur, les deux religieux essayaient de le retracer. Ils voulaient mettre la main au collet des voleurs lorsqu'ils tenteraient de le vendre.

André toucha le coude de Simon et lui désigna Salines du regard : le mercenaire s'était décomposé. Vidian, qui lui serrait le bras très fort, dit, assez haut pour que tout le monde l'entende :

— Viens, allons repérer la meilleure taverne.

Sous le regard méprisant des jacquaires, ils s'en allèrent, précédés par Artigues et Fays. Simon et André suivirent aussi, mais plus discrètement. Les fêtards avaient à peine quitté leurs compagnons de route que Vidian et Salines se laissèrent distancer. Visiblement, ils voulaient être tranquilles. Les garçons étaient perplexes : comment les espionner efficacement sans se faire repérer ? Les mercenaires profitèrent de ce que la prostituée et le pèlerin de métier étaient engagés dans un tête-à-tête pour obliquer à droite dans une venelle qui menait à une église. Les garçons les laissèrent entrer, puis ils se glissèrent à leur tour dans l'édifice. Les deux hommes s'étaient dissimulés derrière une statue de sainte Foy toute proche de l'autel. Simon et André purent s'approcher suffisamment pour suivre la conversation.

Elle était houleuse :

— Puisque je te dis que j'en ai assez, disait Salines. Je ne veux pas être pendu.

— Tu ne risques rien, affirmait Vidian pour le calmer, personne ne s'en doute.

— Quoi que tu dises, je ne garde pas ça sur moi une minute de plus.

— Tu pourrais peut-être le mettre dans tes chausses, ou dans tes bottes…

— Non. Je n'en veux plus. Ou tu le prends, ou je le jette dans la rivière.

— Eh, un instant ! Tu as oublié tout l'argent que ça représente ?

— Au bout d'une corde, ça ne nous servira pas à grand-chose.

— Cachons-le en attendant que les moines se calment. On le reprendra avant de partir. Il doit bien y avoir un trou dans une de ces statues.

Ils palpèrent les sculptures tandis que les garçons s'aplatissaient derrière l'autel.

— Regarde ! dit Vidian triomphalement. Saint Joseph va nous le garder.

— On pourrait l'y laisser quelques semaines et revenir après, plaida Salines.

— Non, refusa l'autre. N'oublie pas qu'on est des pèlerins : on ne peut pas revenir sur nos pas sans éveiller la curiosité.

Lorsqu'ils quittèrent l'église, Salines discutait encore, mais il avait retrouvé quelque sérénité. Dès qu'ils furent sortis, les garçons explorèrent le trou de la statue. Simon en sortit un objet entouré de chiffons. À l'intérieur, il y avait une petite boîte en or ornée de pierres précieuses rouges et vertes. Il eut une hésitation avant de l'ouvrir. André l'encouragea d'un signe. Sur un coussinet de velours, ils découvrirent un minuscule morceau de bois. Ils avaient bien deviné : c'était le fragment de la Vraie Croix dérobé aux cisterciens. Simon referma précipitamment le coffret, comme s'il ne pouvait pas supporter la vue de ce qu'il contenait. Il l'enveloppa et le remit en place. Les deux garçons se signèrent et sortirent de l'église. Puis ils tinrent conseil.

La tentation était forte de voler les voleurs. On ne soupçonnerait pas des jeunes garçons entièrement sous la coupe de deux infirmes tyranniques. Ils pourraient vendre la relique… Elle avait été prise à des cisterciens : des béné- dictins seraient sans doute prêts à l'acheter sans trop poser de questions. Et après, bonjour la belle vie ! Adieu l'aveugle ! Adieu la paralytique ! Ils n'auraient plus de maître et mangeraient à leur faim… Ils rêvèrent longuement d'un avenir heureux, puis décidèrent de voir ce qui se passait au monastère avant d'arrêter la marche à suivre.

Le vol avait été découvert après que les jacquaires eurent passé une nuit à Vignogoul. À ce titre, ils étaient suspects aux yeux des cisterciens. Juste avant le coucher, le supérieur les réunit dans l'intention de les fouiller. Pour le leur faire accepter, il prétendit qu'il procéderait ainsi avec tous ceux qui désormais feraient étape chez eux. Mais ce ne fut pas aussi simple qu'il l'avait cru : seuls les dominicains et les cisterciennes acceptèrent de bonne grâce. Tous les autres protestèrent qu'ils étaient d'honnêtes pèlerins et que cette marque de suspicion les insultait. Montreau s'y opposa avec la dernière énergie. Étienne espéra très fort que l'orfèvre leur éviterait la fouille : s'il était pris avec le sceau de Trencavel, il serait remis aux Français, qui le jugeraient en tant qu'espion. Il se demandait ce que les autres avaient à cacher. Montreau, Gabas, Manciet et Ténarès, leurs pièces d'or, sans nul doute, mais Dulcie, Maria et Feuillant ? Ils ne devaient rien posséder, puisqu'ils vivaient de mendicité, mais c'étaient eux qui criaient le plus fort. Dulcie, évidemment, disait que c'était honteux de traiter la mère d'une sainte de la même manière qu'une voleuse ; Maria prétendait que l'on voulait se moquer de son infirmité en faisant mine de croire qu'elle pouvait se déplacer pour commettre un forfait ; quant à l'aveugle, il était hors de lui et affirmait qu'il ne permettrait pas qu'on le traite ainsi alors qu'il était le seul de ce groupe à se conduire chrétiennement, sans jamais écouter les faiblesses du corps, sans jamais permettre à son esprit de s'égarer. Étienne surprit le regard d'André sur son parent : de la haine pure. Le tisserand avait supposé que ces deux-là étaient unis par des liens d'affection, mais il venait d'avoir la preuve du contraire et en était tout surpris.

Le supérieur des cisterciens de Quarante était bien ennuyé. En fait, les seules besaces qu'il avait envie de vérifier étaient celles des mercenaires et du pèlerin de métier qui, selon les dominicains, étaient plus que douteux. Mais il ne pouvait pas faire cela parce qu'il n'avait rien de concret à leur reprocher. Il s'était dit qu'en fouillant tout le monde il contournerait la difficulté, mais il n'avait pas compté avec la pugnacité de Montreau.

— Par saint Jacques ! s'indigna l'orfèvre, vous ne toucherez pas à nos biens.

Dans la foulée, il invoqua la *lex peregrinorum* qui protégeait les pèlerins des arrestations arbitraires.

Le supérieur battit en retraite, multipliant les excuses et disant qu'il n'avait jamais voulu les forcer. Il allait se retirer, lorsque les mercenaires eux-mêmes répondirent à son vœu secret.

Vidian, vidant sa besace, déclara :

— Moi, je n'ai rien à cacher.

Salines en fit autant. Sur le sol dallé de la salle de l'hôpital, s'éparpillèrent les biens des deux mercenaires. Ils avaient chacun une dague, Vidian possédait un pourpoint, plus riche que celui qu'il portait, et Salines des chausses assorties au pourpoint de son compagnon : le partage des dépouilles d'un vaincu. Vidian avait aussi un morceau d'oriflamme pris à l'ennemi, et c'était tout.

Malicieusement, Vidian lança à Artigues :

— Et toi, tu as quelque chose à cacher ?

L'interpellé marmonna une réponse inaudible, jeta un coup d'œil circulaire pour voir s'il pouvait se défiler et, ne rencontrant que des regards dépourvus d'aménité, n'eut d'autre choix que de vider son sac, ce qu'il fit de fort mauvaise grâce. Tout le monde put voir qu'il était plein de vivres : le pèlerin de métier était un glouton qui mangeait en cachette. Il remballa lard et jambon sous les quolibets, et le supérieur déclara qu'il n'insisterait pas davantage.

Avant de quitter la salle, il ajouta, légèrement ironique :

— Je vois que vous êtes tous honnêtes.

Vidian avait bien manœuvré : son compagnon et lui-même étaient désormais à l'abri du soupçon. Il ne leur restait qu'à récupérer la relique et à continuer leur chemin sans s'inquiéter davantage.

Le départ était prévu pour le lendemain à l'aube : les mercenaires iraient délester la statue de saint Joseph de son trésor caché dès l'ouverture des portes de l'abbaye. Si les garçons voulaient les coiffer au poteau, ils devaient le faire le soir même, avant la fermeture des portes, qui était imminente. Ils partirent en courant et entrèrent dans l'église, toujours déserte. Simon plongea la main dans la statue, craignant vaguement qu'elle ne soit vide. Mais non : le petit coffret entouré de chiffons était bien là. Il le glissa dans sa besace et ils repartirent au galop… pour trouver les portes fermées. Un sentiment de catastrophe s'abattit sur eux. Outre le fait d'avoir dormi dehors, ce qui était déjà déplorable, ils devraient expliquer pourquoi c'était arrivé. Leurs parents allaient être en colère et ils seraient frappés. Mais de cela, ils avaient l'habitude. Ce qu'ils craignaient le plus, c'était la réaction des merce-naires. Lorsqu'ils s'apercevraient que la relique avait disparu, ils se souviendraient peut-être que les garçons n'étaient pas, la veille, là où ils auraient dû être. Dans ce cas, ils allaient les soupçonner. Il fallait à tout prix entrer dans le monastère. La porte et ses alentours immédiats étaient infranchissables, mais ils gardaient l'espoir d'escalader le mur. Ils en firent le tour. En pure perte : la muraille, haute et hérissée de pointes de fer, ne présentait pas le moindre point faible. De retour devant la porte, ils s'assirent, découragés, pour passer la nuit à espérer que les mercenaires ne feraient pas le lien entre leur absence et le larcin.

L'aube fut longue à venir. Ils avaient froid et peur. Les bêtes nocturnes criaient. Ils entendaient, tout proches d'eux, des bruits impossibles à identifier et avaient sans cesse l'impression qu'on les frôlait. Ils passèrent la nuit blottis dans l'encoignure de la porte pour donner moins de prise aux ombres de la nuit. La pensée du loup-garou ne les quitta pas, et ils virent arriver le jour avec un soulagement sans bornes. Dès l'ouverture des portes, ils se glissèrent à l'intérieur du monastère, mais ne purent éviter les mercenaires qui attendaient pour sortir. Les deux hommes étaient étonnamment alertes, contrairement à l'ordinaire où le vin de la veille les laissait abrutis une partie de la matinée. Pressés de quitter la place, ils ne s'intéressèrent pas à eux, mais nul doute qu'ils auraient le souvenir de les avoir croisés lorsqu'ils trouveraient la cache vide. Il fallait absolument trouver un endroit plus sûr que la besace pour garder la relique. Le charreton de Maria leur parut approprié. Ils décousirent un coin de la paillasse et y glissèrent leur trésor. Bien malin qui le trouverait là! Cela leur donna le courage d'affronter la colère des infirmes, qui fut à la hauteur de ce qu'ils avaient prévu.

CHAPITRE XXXI

Cesseras, le monastère suivant, était trop éloigné de Quarante pour que l'on pût y aller en une seule journée : il faudrait s'arrêter en chemin, dans le village d'Agel, qui ne possédait pas de relais. La perspective d'une nuit à la belle étoile n'enchantait pas les pèlerins. Ils avaient beau répéter que Flors les protégeait et qu'il n'arriverait rien, ils ne pouvaient éloigner la pensée que, les deux fois où ils avaient passé la nuit dehors, un des leurs avait perdu la vie d'horrible manière.

Tout le monde était inquiet et hargneux, et la colère des mercenaires passa inaperçue, sauf pour ceux qui en connaissaient la raison et les observaient. Fidèles à leur habitude, ils marchaient devant avec Artigues et Fays, mais ils ne leur parlaient pas. André était serré de près par l'aveugle qui, à défaut de pouvoir lui faire dire où il avait passé la nuit et ce qu'il avait fait, lui comprimait le bras de toutes ses forces. C'était très douloureux, mais le garçon ne se plaignait pas : il ne voulait pas lui donner ce plaisir. Simon n'était pas épargné lui non plus. Faute d'être protégé par le tisserand qui, inexplicablement, marchait derrière avec son neveu, il recevait un coup de bâton chaque fois qu'il y avait un cahot, c'est-à-dire souvent.

Étienne maintenait Julien à distance pour que les jacquaires ne remarquent pas son agitation. On entrait sur les terres qui avaient appartenu à la famille du jeune homme. Quand son père était mort au combat, Julien n'était pas né. Il avait vu le jour en exil, quelques semaines plus tard, et n'avait jamais mis les pieds dans son pays. Maintenant qu'il approchait, son émotion était si vive qu'il en tremblait. Il regardait autour de lui avec avidité, comme s'il avait voulu s'approprier du regard les terres traversées. Sa mère lui avait si souvent décrit les lieux qu'il pensait les reconnaître, mais inconsciemment il avait associé les mots à des images familières, et il découvrait maintenant qu'il avait projeté les paysages aragonais de son enfance sur la mythique terre natale. Il était à la fois déçu et exalté. Il se répétait : *C'est chez moi, c'est à moi. Le vicomte va me rendre mes terres après la victoire. Dans ce chemin que je parcours aujourd'hui à pied en humble pèlerin, je passerai un jour au galop suivi de mes gardes et, derrière la colline, je foncerai vers le château de Vigordan, je franchirai le pont-levis pour aller rejoindre ma dame qui travaillera avec ses suivantes à une tapisserie célébrant la gloire de la reconquête.* Si la silhouette de la dame était plutôt nette dans l'esprit de Julien, puisqu'elle empruntait ses volumes à Fays, le visage restait assez flou pour appartenir à n'importe qui. Il ne s'en souciait guère : l'important était d'avoir des terres, une forteresse et une châtelaine.

Étienne restait aux côtés de Julien pour le rappeler à l'ordre si son trouble devenait trop visible. Lorsqu'ils eurent contourné la colline, il se félicita que les pèlerins leur tournent le dos. Julien savait que la forteresse avait été démolie, mais il venait d'en rêver telle qu'elle était au temps de sa prospérité d'après les nombreuses descriptions de sa mère, et ce qu'il avait sous les yeux n'avait rien à voir avec ses fantasmes : il ne restait du château qu'un pan de mur, inutile, dérisoire, ne pouvant plus servir que de perchoir aux corbeaux. Une plainte lui échappa. Ceux qui cheminaient tout près s'approchèrent, intrigués. Étienne intervint aussitôt. Il expliqua que Julien s'était tordu la cheville et le força à s'asseoir. En palpant la partie incriminée, il l'exhortait du regard à se ressaisir.

Ils repartirent. Julien faisait mine de boiter pour expliquer son faciès douloureux. Étienne le réconfortait à voix basse :

— Ne t'en fais pas pour le château détruit : dès que le vicomte aura gagné la guerre, tu le feras reconstruire, aussi beau qu'avant, et en attendant qu'il soit terminé, il t'en donnera un pris à l'ennemi.

Julien n'avait pas encore absorbé le choc et restait insensible à ces arguments. Il y avait trop de contrastes entre ses chimères et la réalité. Il lui fallait le temps de l'accepter. En attendant, le ronron lénifiant d'Étienne, au-delà des paroles que le jeune homme n'écoutait pas, était ce qui pouvait le mieux endormir sa douleur.

Lors de la halte de midi, Vidian et Salines s'éloignèrent du groupe. Ils ne se méfiaient pas, et il fut aisé aux deux garçons de se cacher pour les écouter.

— Ça ne peut être qu'Artigues, disait Vidian avec colère. Il nous aura suivis et l'aura pris après notre sortie. Souviens-toi : quand on est arrivés à l'auberge, il n'y était pas encore, même s'il était parti devant.

— Il a expliqué qu'il s'était arrêté pour pisser.

— Facile à dire et impossible à vérifier.

— Mais quand il a vidé sa besace, ça n'y était pas.

— Il a dû le donner à Fays pour qu'elle le cache. Ils sont complices, c'est sûr !

— Je ne crois pas : elle était à l'auberge avant lui, et elle est repartie avec nous. Ils n'ont jamais été seuls.

— Tu as peut-être raison : il devait l'avoir caché sur lui.

— Alors, qu'est-ce qu'on fait ?

— Ce soir, on l'entraîne à l'écart pour le faire avouer. Il faudra bien qu'il nous le rende s'il tient à sa peau.

CHAPITRE XXXII

Le village d'Agel n'avait pas d'auberge et nul ne se proposa pour loger les jacquaires parmi les badauds venus les voir s'installer dans le cimetière adjacent à l'église. Ceux qui n'avaient pas de grange le regrettaient : ils en auraient hébergé quelques-uns dans le cas contraire ; quant à ceux qui en avaient une, ils ne dirent mot. Ils ne refusèrent cependant pas l'aumône, et chacun eut à manger.

Les garçons mendiaient ensemble : André jouait son propre rôle de muet et Simon faisait l'aveugle. Ils inspiraient plus facilement la pitié que les adultes et purent se libérer rapidement pour aller sur les traces des mercenaires, qui s'étaient éloignés du village avec Artigues. Ils les trouvèrent derrière une chapelle et virent que le pèlerin de métier se faisait secouer d'importance. Ils avaient vidé sa besace et étalé la nourriture par terre, mais ils n'avaient pas trouvé la relique. Sourds à ses protestations, ils le fouillèrent, sans plus de succès.

— Où l'as-tu caché ? lui criait Vidian sous le nez.

Il le tenait par le pourpoint, le menaçant de lui arracher les yeux.

— Tu as un complice, c'est ça ?

— Par Dieu, je ne sais pas de quoi vous parlez !

Malgré ses protestations outrées, il ne parvint pas à les convaincre de sa bonne foi, et ils le laissèrent sur place, un peu contusionné, mais surtout affolé par la menace :

— Tu as jusqu'à demain matin pour nous le rendre, sinon, souviens-toi de Salvetat et de Flors…

Quand ils furent hors de portée de voix, Salines reprocha ses paroles à Vidian :

— Tu n'aurais pas dû dire ça : si quelqu'un t'a entendu, notre compte est bon.

— Mais non, ils sont tous là-bas. Tu l'as vu suer ? Il puait la peur à plein nez. Je suis sûr que j'ai bien fait. Maintenant, c'est au tour de Fays. Attends-moi là !

Simon était surexcité, car il avait tiré des paroles de Vidian les mêmes conclusions qu'Artigues :

— Tu te rends compte, ce n'était pas la Bête qui tuait, c'étaient eux !

André en était moins sûr : peut-être que le mercenaire avait dit cela pour effrayer Artigues et qu'il n'avait rien à voir avec les meurtres. Mais Simon tenait à son idée : pour lui, les paroles de Vidian étaient claires, et il réussit à convaincre son compagnon que les soudards étaient des tueurs. Les deux garçons commençaient d'avoir peur pour eux-mêmes : quand ils se rendraient compte qu'Artigues n'avait pas la relique, les mercenaires chercheraient ailleurs. Ils n'avaient aucune envie de finir de la même manière que Salvetat et Flors.

Vidian revint du campement avec Fays. Dès qu'ils eurent rejoint Salines, il exigea :

— Rends-nous ce qu'Artigues t'a donné !

— De quoi tu parles? Il ne m'a rien donné. Ce n'est pas son genre de donner quelque chose. Il vous a déjà payé à boire à vous? À moi, jamais.

— N'essaie pas de détourner la conversation. Artigues nous a volé quelque chose, et il t'a demandé de le garder. Rends-le-nous!

— Puisque je vous dis qu'il ne m'a rien donné!

— Montre ta besace!

Elle essaya de la défendre, mais il la lui arracha.

— Salines, tiens-la!

— Bas les pattes! Ne me touche pas!

Mais elle eut beau se démener et donner des coups de pied et de genou, elle n'était pas de taille à se défendre: Salines était grand et fort. Il la ceintura d'un seul bras tandis qu'il lui tenait les poignets dans le dos.

Dans la besace de Fays, Vidian trouva un fichu, un quignon de pain, une clochette de Fontcaude et, cousue dans le fond, une pièce d'or.

— Le commerce va bien, à ce que je vois... Bon, ce n'est pas là. Tu dois l'avoir sur toi.

Il la palpa plus longtemps qu'il n'était nécessaire, passa sa main dans le corsage, puis sous la jupe, l'œil allumé.

— Alors? demanda Salines.

Ramené à leur souci, Vidian retrouva sa mauvaise humeur.

— Non.

— Je te le disais qu'elle ne pouvait pas l'avoir.

— Ça va, tu peux filer, dit-il à la jeune femme, mais si on s'aperçoit que tu as menti, tu vas le regretter long-temps.

Fays lui cracha à la figure, ce qui lui valut une gifle qui lui fit saigner le nez. Elle s'en alla en les traitant de tous les mots orduriers qu'elle savait, et elle en savait beaucoup.

Le moment où les pèlerins ouvraient leur besace et faisaient apparaître soit du pain sec soit du lard était toujours délicat. Quoique cela ne leur coupât guère l'appétit, les nantis étaient un peu gênés de manger mieux que les autres. Pourtant, on ne leur reprochait rien. Mais l'envie était là, inévitable, qui donnait de l'aigreur aux pèlerins dont l'estomac n'était pas satisfait. Ce ressentiment trouva un exutoire lorsque Artigues arriva après que tout le monde eut terminé. Les jacquaires, qui se souvenaient de sa besace pleine de lard, le soupçonnèrent d'être allé s'empiffrer en cachette. Le pèlerin de métier subit des mots très durs : Maria blâma son hypocrisie et Dulcie son égoïsme. Sans se regarder, elles s'excitaient l'une l'autre. Quand ils virent que l'aveugle s'en mêlait, les dominicains tentèrent de les apaiser, mais c'était trop tard. À mesure qu'il parlait, le ton montait. Sa colère grossissait et se nourrissait d'elle-même.

Le visage sans regard tourné vers le ciel, la bouche tordue de haine, les traits d'une maigreur squelettique, Feuillant ressemblait à une gargouille. Il tenait les jacquaires sous l'emprise de sa voix et, malgré la répulsion et la crainte qu'il inspirait, personne ne s'éloignait. Il martelait ses paroles sur un ton hypnotique qui les fascinait jusqu'au dernier, y compris les religieux, qui étaient pourtant ceux qui doutaient le plus de son orthodoxie. D'Artigues, il fit un portrait excessif, le noircissant à l'extrême. Il l'accusa de pécher contre la charité en mangeant à satiété quand il y avait des affamés, et il insista tellement que l'on aurait pu croire qu'il parlait de l'unique responsable de la misère des pauvres. Le malheureux incriminé essaya de protester qu'au contraire il n'avait pas mangé du tout, mais Feuillant le fit taire, et enchaîna avec une faute plus grave : le péché contre la religion.

— Faire métier de pèlerin, s'indignait-il, c'est considérer que la clémence de Dieu s'achète. Mais Dieu n'est pas à vendre, et il n'a pas d'indulgence pour ceux qui pèchent contre la foi !

L'aveugle continua longtemps ainsi jusqu'à la conclusion que tout le monde redoutait :

— Dieu nous renverra la Bête !

Artigues ne se contint plus : il pleura, supplia, baisa les genoux de Feuillant pour qu'il retire sa malédiction. L'aveugle le repoussa avec mépris. Il fit signe à André de le guider et alla se coucher à l'écart, enroulé dans sa pèlerine.

Tous les jacquaires en firent autant. Ils évitaient lâchement de regarder Artigues, qui les suppliait de le protéger, de l'entourer, de veiller avec lui. Ils se détournaient de cet homme qui n'était plus qu'un vivant en sursis avec lequel ils ne voulaient pas prendre le risque d'être confondus. Le paria finit par s'accoter à la croix d'une tombe, secoué de tremblements convulsifs et marmonnant des prières. Les mercenaires le laissèrent mariner un moment. Puis ils s'installèrent près de lui et s'attribuèrent un tour de rôle pour faire le guet. Artigues était éperdu de reconnaissance. Ils coupèrent court à ses remerciements en lui signifiant que cc n'était pas lui qu'ils protégeaient, mais ce qu'il leur avait volé. Ils l'avertirent qu'ils le tueraient de leurs propres mains s'il ne le restituait pas. Artigues était tellement soulagé qu'ils s'interposent entre la Bête et lui qu'il décida de ne pas s'inquiéter de leurs menaces : le lendemain, il trouverait bien lc moyen de leur faire comprendre qu'il était innocent.

Au matin, les jacquaires s'attendaient à voir un cadavre, et ils furent presque déçus : Artigues était on ne peut plus vivant. Dulcie y vit la preuve que Flors les protégeait, mais certains, un brin narquois, insinuèrent que Feuillant ne pouvait pas prédire l'avenir : les fois précédentes, il était tombé juste par hasard. D'ailleurs, il s'était également trompé pour Fays, qui était, elle aussi, toujours vivante. L'aveugle le prit mal. Il grogna rageusement qu'ils n'avaient pas tout vu et que ce n'était pas fini. Le ton de sa voix était si menaçant que les facétieux regrettèrent de l'avoir provoqué.

Au départ vers Cesseras, Vidian et Salines encadrèrent fermement Artigues, qui jetait autour de lui des regards apeurés mais ne pouvait rien faire pour leur échapper. Fays, rancunière, les ignora. Pour échapper à la solitude, qu'elle n'aimait pas, elle recensa les compagnons possibles : les quatre religieux et les deux infirmes étaient à exclure d'office, Montreau la traitait de haut et les quatre cavaliers, dont l'intérêt était d'être fortunés, présentaient l'inconvénient de ne pas marcher. Il n'y avait que les tisserands à montrer quelque attrait. Elle hésitait visiblement entre les deux, le vieux qui gardait le magot et le jeune qui la lorgnait par en dessous, quand Étienne choisit pour elle : il s'en alla aider Simon à véhiculer Maria. Elle jeta par défaut son dévolu sur Julien, qui n'en crut pas sa chance. Sous le regard assassin de Fabrissa, qui amusa Fays mais que Julien ne vit même pas, elle se mit au pas du jeune homme.

CHAPITRE XXXIII

Il n'était pas prévu de s'attarder à Cesseras, mais Étienne souhaitait y rester un jour de plus. Le charron du village, qui était sur sa liste de bons croyants, lui avait appris l'existence d'une communauté de parfaites dans les proches environs, et il voulait avoir le temps de les rencontrer pour répondre à une demande de sa femme. Blanche projetait de retourner au pays lorsqu'elle serait ordonnée, et elle lui avait demandé de préparer le terrain s'il en avait l'occasion. Mais il avait beau réfléchir, Étienne ne voyait pas ce qui pourrait convaincre les jacquaires de prolonger leur séjour. Julien, qui avait passé son enfance à faire des mauvais coups avec ses camarades, ne manquait pas d'idées. Il lui soumit divers projets, au demeurant plus inventifs que réalistes. Il proposa d'abord de déférer l'âne de Montreau. Mais ce n'était pas assez : il faudrait peu de temps pour régler le problème, alors qu'Étienne devait disposer d'une journée. De faire sortir nuitamment la bête de l'écurie pour la perdre dans les champs. Ce plan-là était d'une réalisation délicate : un âne se dissimule difficilement dans une besace et il serait difficile de lui faire franchir la porte sans qu'on le voie. Pourquoi ne pas incendier une petite dépendance du monastère ? Tout le monde serait mobilisé dans la lutte contre le feu, ce qui permettrait de s'éclipser. Mais ça, c'était trop : si l'aventure tournait mal, Étienne ne voulait pas l'avoir sur la conscience.

— Ça y est, dit le jeune homme : je sais ce qu'il faut faire ! On va démolir le véhicule de Maria Belcaire. Si on met le charron dans la confidence, la réparation prendra la journée.

C'était en effet une bonne idée, et la perspective de faire enrager la vieille harpie n'était pas déplaisante. Cependant, pour mettre l'affaire au point, il fallait s'assurer la complicité de Simon : c'était lui qui rangeait le charreton à l'écurie lorsque sa grand-mère était transportée par de bonnes âmes – les tisserands, le plus souvent – au réfectoire ou au dortoir.

Lorsque Étienne lui en parla, la réaction de Simon lui fit croire que le garçon avait des scrupules. Le tisserand s'empressa de le rassurer : cela ne ferait que retarder la caravane. Aucune crainte qu'on les laisse là : les autres pèlerins les attendraient et trouveraient le moyen de payer la réparation. Pendant les explications de Lézat, Simon eut le temps de se reprendre. Il affirma qu'il avait été simplement étonné, mais qu'ils pouvaient compter sur lui : il se ferait un plaisir de les aider.

Restait à mettre la relique à l'abri. Avant de répondre aux vœux des tisserands, Simon regarda autour de lui à la recherche d'une cachette quand il lui vint une idée : il allait la dissimuler au fond de la sacoche de Montreau. Quand, à son habitude, il harnacherait l'âne pour gagner une piécette, il glisserait le trésor sous les provisions de l'orfèvre qui ne s'en apercevrait pas. Il riait tout seul en démantibulant le charreton de sa détestable aïeule. André mis au courant, ils s'amusèrent beaucoup de la farce faite à l'orfèvre. Leur seul regret était qu'il doive l'ignorer : lui, toujours si confit en dévotion, allait abriter dans ses bagages une relique volée! S'il l'avait su, il aurait eu un coup de sang.

Au matin, quand ils furent réunis dans la cour avant le départ, les jacquaires virent qu'Artigues s'était fait rosser : il avait un œil fermé, son nez avait doublé de volume et sa lèvre inférieure était fendue. Ses yeux ne se fixaient nulle part. Il avait l'air de chercher une issue à un lieu clos. Vidian l'avait menacé des pires sévices, et il désespérait d'y échapper. Cet homme qui aurait vendu la peau de ses père et mère pour en tirer profit ne savait que faire pour contenter ses bourreaux. Son désespoir était visible. Néanmoins, personne ne lui témoigna de compassion. Il était évident que c'étaient les mercenaires qui l'avaient malmené, et les pèlerins se disaient : «C'est du bruit de canailles, qu'ils s'arrangent entre eux». Il voulut se mettre sous la protection de Montreau. Le chef de la caravane lui opposa que ce n'était pas de son ressort.

Simon conduisit l'âne à l'orfèvre, puis alla chercher le charreton de sa grand-mère. Il revint, l'air ahuri, en disant :

— Il est cassé : les morceaux ne tiennent plus ensemble.

— Comment est-ce possible? s'étonna Montreau. Hier soir, il roulait bien.

Maria Belcaire, qu'Étienne portait dans ses bras, se mit aussitôt à crier :

— C'est fait exprès! Quelqu'un me veut du mal! On veut que je reste ici!

— Mais non, la rabroua Montreau agacé. Je vais voir ça.

Manciet, le maréchal-ferrant, le suivit dans l'écurie. Ils revinrent la mine sombre.

— Une partie du charreton a été écrasée, confirma Manciet, la réparation va prendre du temps.

Les jacquaires n'avaient pas l'air de vouloir remettre leur départ.

— Elle pourrait attendre la caravane suivante, suggéra le banquier, il en passe souvent.

La voix aigre de Dulcie commenta :

— Ce serait un bon débarras !

Maria se déchaîna :

— Vous n'avez pas le droit de me laisser là ! Je fais partie de la caravane et vous me devez assistance. C'est cette hérétique que vous feriez mieux de laisser !

À ces mots, Dulcie se jeta sur Maria. Étienne faillit la lâcher sous la violence du choc. Avant que quelqu'un la maîtrise, elle avait giflé son ennemie d'un sonore aller-retour et elle agrippait son cou décharné dans le but évident de l'étrangler. Pendant que Montreau tirait en arrière Dulcie qu'il avait empoignée par la taille, les religieuses libérèrent la gorge de Maria des griffes de la furie. La vieille corneille retrouva son souffle et redoubla de criailleries.

Étienne sentit que la tentation d'abandonner l'infirme était grande. Pour couper court, il intervint :

— On porte tout de suite le charreton chez le charron du village. Il pourra sans doute le réparer dans la journée. Julien, aide-moi !

L'affaire était réglée : ils étaient obligés d'attendre. Fabrissa proposa aussitôt :

— On pourrait aller voir la grotte de la coquille. Quelqu'un en a parlé hier soir, il paraît qu'elle est intéressante.

Pendant que l'excursion s'organisait, les tisserands s'éloignèrent avec le véhicule endommagé. Ils le déposèrent chez le charron, qui examina les dégâts et remarqua :

— Il n'y est pas allé de main morte, le garçon ! J'en ai vraiment pour la journée.

Les *socius* le laissèrent à son travail. Avant de partir vers la Caunette, au refuge des parfaites, Étienne recommanda à Julien :

— Surveille Artigues, qu'il n'aille pas faire une remarque qui attirerait les soupçons sur nous.

Julien acquiesça, puis s'en alla rejoindre les excursionnistes, auxquels il dit que son oncle était resté avec le charron pour l'aider.

CHAPITRE XXXIV

L'envoyé de Trencavel crut tout d'abord qu'il s'était trompé de maison : la femme qui lui ouvrit la porte avait l'apparence d'une nonne. Pourtant, il avait suivi les explications de l'artisan. Était-il possible que cet homme lui ait joué un mauvais tour ? Étienne ne pouvait pas le croire. Comme il était trop tard pour reculer, il salua la religieuse de la manière la plus neutre possible. Elle lui demanda qui l'avait envoyé. Le tisserand hésita à mettre le charron en cause, mais il n'était pas imaginatif et ne trouva pas de réponse plausible. Dès qu'il eut prononcé le nom de l'homme, la nonne lui dit :

— Que Dieu vous mène à bonne fin.

Il avait l'air si éberlué qu'elle éclata de rire.

— Vous êtes bien chez les bonnes dames, rassurez-vous. Nous devons faire semblant d'être des moniales pour échapper à l'Inquisition. Suivez-moi, je vais vous conduire à dame Guillemette, la parfaite qui nous dirige.

Il fut conduit dans une salle où une femme au visage austère enseignait à deux fillettes. Il s'assit sur un banc et assista à la fin de la leçon. Les élèves avaient dû recevoir une éducation catholique que la parfaite était en train de défaire point par point.

Petits enfants, protégez-vous du faux, disait-elle. Ne vous fiez pas à tout ce qu'on vous souffle, éprouvez plutôt si ces souffles sont de Dieu, car beaucoup de faux prophètes sont venus dans le monde. N'aimez pas ce monde-ci, ni ce qui lui appartient. Si quelqu'un aime ce monde-ci, l'amour du Père n'est pas en lui, car tout ce qui est de ce monde, le désir du corps, le désir des yeux, l'orgueil de la possession, vient du monde et non du Père. Or le monde passe, et son désir, mais celui qui fait ce que Dieu veut reste à jamais[*]. «Le baptême, le mariage et le sacrement de l'autel ne valent rien, la sainte hostie n'est que du pain, les œuvres de Dieu ne passeront pas, mais la chair de l'homme ne ressuscitera jamais[**]».*

Une seule de ces professions de foi aurait suffi pour envoyer au bûcher celle qui les prononçait, mais elle n'y pensait pas, ou du moins cela n'avait pas d'influence sur son comportement ou son état d'esprit : elle affichait une assurance tranquille qui convainquait les fillettes. Étienne songeait que Blanche aimerait cette femme à la foi inaltérable.

La parfaite renvoya les enfants :

— C'est assez pour aujourd'hui, dit-elle dans un sourire, allez rejoindre les tisserandes.

Puis elle se tourna vers Étienne qu'elle salua. Il fit les trois génuflexions rituelles et elle lui donna le baiser de paix par le biais de l'Évangile de Jean qu'elle gardait à portée de la main.

Il lui parla de la mission dont il était chargé et la parfaite se réjouit de ces bonnes nouvelles. Elle promit de les répandre par l'entremise des parfaits qui viendraient

---

[*]   Première épître de Jean.
[**]   Cité par Anne Brenon, *Les Femmes cathares*, Perrin, 1992.

chercher les draps que ses compagnes et elle-même tissaient. Il lui fit ensuite part du désir de Blanche.

— Nous sommes toujours contentes de recevoir des sœurs, mais il faut qu'elle sache bien à quoi elle s'engage, l'avertit-elle : à Montpellier, vous êtes moins persécutés, mais ici, nous sommes toujours à la merci d'une dénonciation. Il suffirait qu'un traître se glisse parmi ceux qui connaissent notre existence et nous apportent de la nourriture pour que nous finissions toutes sur le bûcher.

Étienne l'assura que Blanche, consciente de la situation, était prête à l'assumer.

— Dans ce cas, nous l'accueillerons avec joie.

Étienne partagea le repas des fausses moniales. La viande était bannie de leur table, même pour celles qui n'avaient pas reçu le *consolament*, mais le repas était appétissant : des fèves parfumées aux herbes de la garrigue, un fromage de chèvre et des figues bien mûres. Il était le seul homme parmi une vingtaine de femmes. Beaucoup d'entre elles étaient apparentées, et il y avait même trois générations de la même famille : la grand-mère, la mère et les deux fillettes. Quant au père, elles lui apprirent qu'il était devenu parfait et les visitait à l'occasion. Il y avait là une atmosphère de paix et de piété : chacune de ces femmes savait pourquoi elle était là et était heureuse d'y être. On était loin des chicanes continuelles des pèlerins, dont le but avoué était pourtant le service de Dieu. Étienne serait bien resté avec elles un peu plus longtemps, mais il était chargé d'une mission. Il s'en alla après avoir reçu la bénédiction de dame Guillemette.

Lorsqu'il arriva au monastère de Cesseras, avec la nouvelle que le charreton était réparé, il le trouva en effervescence : ses compagnons étaient revenus de leur promenade avec un cadavre. Il chercha Julien et le découvrit feignant de s'intéresser à l'analyse que Maria Belcaire faisait de la situation. Au-dessus de la tête de l'infirme, ils échangèrent un regard par lequel Julien fit comprendre à Étienne que tout allait bien.

CHAPITRE XXXV

Les excursionnistes étaient partis tôt, munis d'un casse-croûte donné par les moines. Il faisait bon marcher dans la fraîcheur, et ils chantaient leurs cantiques avec entrain. Le désagrément causé par l'incident matinal était oublié, d'autant que Maria n'était pas là : non seulement elle n'avait pas de moyen de transport, mais il fallait qu'elle mendie pour payer la réparation. Elle avait été installée sur le parvis de l'église, où elle tentait d'adoucir sa voix pour inspirer la compassion nécessaire au remplissage de son escarcelle. Simon non plus n'était pas venu : il quêtait dans le village pour les mêmes raisons que sa grand-mère. Il manquait également les religieux : les sœurs aidaient à l'hôpital et les dominicains profitaient de la halte pour consulter un livre rare dont se glorifiait la bibliothèque du monastère.

Artigues était là, entre les deux mercenaires. Il avait prétendu qu'il voulait passer la journée en prière, mais ils l'avaient obligé à suivre, et il traînait les pieds, gémissant de temps en temps, sans que la vigilance hargneuse de ses tortionnaires se relâche. Au grand dépit de Julien, Fays s'était rabibochée avec Vidian. Intriguée par l'attitude des deux hommes, elle était curieuse de savoir ce qu'ils cherchaient. Puisque cela semblait avoir de la valeur, elle n'excluait pas d'en obtenir sa part, si elle manœuvrait bien. Pour des raisons peu évidentes, l'aveugle était de la partie. Il n'avait pas été rejeté parce que, contrairement à son habitude, il n'avait pas blâmé le but profane de cette excursion.

Ils parvinrent à la grotte de la coquille en pleine chaleur. Exceptionnellement amène, Feuillant demanda à André de lui trouver un rocher plat près de l'entrée : il s'y reposerait pendant que le garçon visiterait la grotte. Sous terre, la fraîcheur était agréable. Montreau alluma la chandelle dont il s'était muni. La voûte de la caverne était plus haute que celle d'une cathédrale et les voix résonnaient de manière lugubre. Impressionnés, les jacquaires restèrent groupés pour admirer les parois faiblement éclairées par la chandelle. À hauteur d'homme, elles étaient couvertes d'animaux étranges. L'orfèvre émit l'hypothèse que ces peintures dataient d'avant le déluge. Selon lui, si les bêtes représentées n'existaient plus aujourd'hui, c'était parce que Noé n'avait pas dû juger bon de les garder. À part l'îlot de clarté qui entourait le porteur de chandelle, l'obscurité était totale. Vidian en profita pour entraîner Fays dans un angle rocheux qui présentait toutes les garanties de la discrétion.

Quand ils eurent bien admiré, les pèlerins retrouvèrent Feuillant assis sur son rocher à l'entrée de la grotte.

Montreau demanda :

— Tout le monde est là ?

Il manquait Vidian, Fays et Artigues. Ils s'assirent pour les attendre. Mais les absents n'arrivaient pas et le soleil était au zénith, alors ils décidèrent de manger leur casse-croûte. C'est au moment où ils allaient s'allonger pour se reposer en attendant que la chaleur baisse que Vidian et Fays reparurent. Ils avaient une expression repue et des yeux las qui firent deviner à leurs compagnons pour quelle raison ils s'étaient attardés. Dulcie fit une allusion perfide que Fays ne laissa pas sans réplique. Une fois de plus, elles allaient se prendre aux cheveux quand Vidian, que les remarques laissaient de marbre, détourna l'attention en demandant :

— Où est Artigues ?

— Je croyais qu'il était avec toi, répondit Salines.

— Mais non ! Tu aurais dû le surveiller ! Tu l'as laissé échapper, imbécile ! Il faut vite le rattraper !

— Non ! intervint Feuillant, il n'est pas sorti de la grotte. Je n'ai pas bougé de l'entrée, et j'ai l'ouïe très fine : si quelqu'un était passé, je l'aurais entendu.

— Alors, il se cache à l'intérieur. Viens, on va le débusquer.

Salines le suivit en ricanant, sûr qu'il ne devait pas être très loin : il y avait peu de risques qu'un tel peureux s'aventure dans ces lieues de galeries qui se perdaient sous la montagne. Surtout qu'il n'avait pas de chandelle.

Quand ils ressortirent de la grotte, ils étaient blêmes.

— Il est mort.

— Comme les autres.

— … La Bête ? articula Fays avec difficulté.

— Oui, la Bête.

— Il faut aller le chercher, dit Montreau sans conviction.

Mais personne ne voulait plus pénétrer sous terre : la Bête était là, tapie derrière un rocher, prête à bondir.

— Comment le porter ? objecta le meunier. Il vaut mieux retourner au couvent. Ils avertiront le commandant de la place qui s'en occupera.

Si certains pensèrent qu'ils auraient pu employer la même méthode que pour Maria Belcaire, lorsque la ridelle du charreton s'était brisée, ils ne le suggérèrent pas. Au contraire, tous approuvèrent vigoureusement Ténarès et, malgré la canicule, ils quittèrent les lieux sans plus attendre.

Feuillant, l'air satisfait, fit remarquer :

— Je vous avais bien dit que la Bête reviendrait.

Il n'obtint, pour toute réponse, que des regards haineux, mais sa cécité lui permit de les ignorer.

Le supérieur du monastère manda le bayle du village à qui Montreau fit un rapport. Avec ses gardes, il partit chercher le cadavre. Il ne se laissa pas du tout impressionner par les histoires de loup-garou des jacquaires, car il était notoire que ces incarnations du Démon choisissent la nuit pour se manifester : les pèlerins avaient dû déranger un ours ayant élu domicile dans la grotte. Or, les vraies bêtes ne lui faisaient pas peur, à ses hommes non plus.

Ils revinrent avec le corps d'Artigues sans avoir aperçu son agresseur : rien dans la grotte ne prouvait qu'un animal vivait là. Pas d'excréments, ni de restes de nourriture, ni la moindre empreinte. Lorsqu'ils virent le mort, les jacquaires surent que les mercenaires ne s'étaient pas trompés : il portait les marques de la Bête. Avec une ferveur que la crainte décuplait, ils implorèrent leur saint patron :

Salva los pelegrins, san Jacz!

Alors qu'ils avaient espéré que Flors les protégerait, ils devaient affronter la réalité : une malédiction pesait sur la caravane. Ils se réunirent autour de Montreau dans l'espoir de trouver un moyen d'interrompre le cycle. Peut-être devraient-ils se séparer ? Mais c'était difficile à réaliser : il se passerait du temps avant que tout le monde puisse s'intégrer à un nouveau groupe, et les moines ne semblaient pas disposés à les accueillir jusque-là. Au contraire : après avoir pris connaissance des meurtres précédents, ils n'avaient pas caché qu'ils avaient hâte de les voir partir. Quant à faire le chemin seuls, il ne fallait pas y songer : des brigands aux bêtes sauvages en passant par le risque de s'égarer, les dangers étaient trop grands. Après y avoir réfléchi, ils furent obligés d'admettre que leurs sorts étaient liés, du moins jusqu'à ce qu'ils croisent une route de pèlerinage, ce qui ne se produirait pas avant Toulouse.

Simon et André ne croyaient pas à la Bête, mais ils n'étaient pas moins terrorisés pour autant, car ils étaient persuadés que c'étaient les mercenaires qui avaient tué Artigues lorsqu'ils étaient allés à sa recherche dans la grotte. Les deux soldats avaient dû le fouiller et se rendre à l'évidence : le pèlerin de métier n'avait la relique ni dans sa besace ni sur lui. Le seul espoir des garçons était que les mercenaires continuent de croire à la culpabilité d'Artigues. Pourvu qu'ils pensent que le pèlerin de métier avait dissimulé son larcin quelque part et que le trésor était perdu pour eux! Néanmoins, ils ne pouvaient se cacher qu'ils risquaient d'être soupçonnés : il suffirait que les soldats se souviennent qu'ils s'étaient fait coincer dehors toute la nuit à l'étape de Quarante et se mettent en tête de savoir pourquoi. Des hommes de guerre devaient avoir autant de ressources que les inquisiteurs pour provoquer des aveux.

CHAPITRE XXXVI

Ils purent repartir le lendemain bien que Maria n'eût pas réuni la somme nécessaire au paiement de la réparation : le supérieur, pressé de les voir s'en aller, prit en charge la différence. Artigues, enterré sans grande cérémonie le jour même de sa mort, ne laissait pas de regrets et son oraison funèbre fut des plus sommaires. Les moines avaient conservé sa besace, qu'ils confieraient à un pèlerin de passage en route pour Beaucaire, à charge de la remettre à sa veuve. La caravane, réduite de trois membres morts de la même façon violente, faisait grise mine. Nul ne se sentait à l'abri de la malédiction, à part peut-être les religieux, qui se croyaient au-dessus du sort commun. Mais ils s'inquiétaient quand même de cette proximité du Malin que leur présence ne suffisait pas à éloigner. Les jacquaires avaient fait le constat qu'ils ne pouvaient pas se séparer. Alors ils avaient arrêté une stratégie, simpliste, certes, mais dont le bon sens avait le mérite de les réconforter : hors de la protection d'un lieu d'asile, il ne fallait pas s'éloigner du groupe.

Simon avait replacé la relique dans la paillasse de Maria. Les mercenaires, que les garçons observaient à la dérobée en prenant soin de ne pas montrer la crainte qu'ils leur inspiraient, ne s'intéressaient pas plus à eux que d'habitude – autant dire qu'ils les ignoraient. Mais les deux complices, qui n'étaient pas rassurés pour autant, ne cessaient d'épier les soldats afin d'être prêts à se défendre le cas échéant.

Bien décidés à ne manquer aucune occasion de mettre de leur côté les saints de rencontre, car ceux-ci ne seraient jamais trop nombreux pour les protéger, les jacquaires s'arrêtèrent peu après leur départ de Cesseras à la chapelle de Saint-Germain, qui marquait la fin du causse et le début des vignes. Vieille de deux siècles, petite et austère, elle s'accordait bien à leur état d'esprit. Par contre, ils n'allèrent pas voir le dolmen des Fades, pourtant fameux dans la région en raison de ses proportions inusitées : l'esprit n'était pas aux futilités. Après Siran, où ils avaient mangé, ils poussèrent jusqu'à La Livinière prier Notre-Dame-du-Spasme, dont ce n'était hélas pas la date du pèlerinage. Puis ils se déroutèrent de quelques lieues vers le sud pour se rendre à Rieux-Minervois, où les dominicains devaient délivrer un message. La journée étant très avancée, ils décidèrent d'y passer la nuit.

Pendant que les religieux s'entretenaient avec leurs confrères, les pèlerins allèrent s'émerveiller à l'église, un bâtiment étonnant composé de quatorze côtés égaux inscrits dans un cercle. Étienne et Julien en profitèrent pour se rendre au château. Par le pont de pierre à trois arches, ils franchirent l'Argent-Double, un affluent de l'Aude dont la qualité inestimable, dans ce pays de sécheresse, était de couler toute l'année. Les envoyés de Trencavel n'avaient pas prévu de rencontrer le seigneur de Rieux, car le châtelain n'habitait pas sur l'itinéraire préalablement établi, mais ils profitaient de l'occasion, car ils le connaissaient pour être un fidèle du vicomte.

De même qu'à Cazedarnes, le seigneur était à la chasse, et ils furent reçus par la dame. Mais cette fois ils ne voulurent pas attendre le retour du chevalier, car ils craignaient que leurs compagnons de route s'inquiètent et partent à leur recherche, ce qui les exposerait à des questions gênantes. La dame se chargea du message et les salua en disant : « Que Dieu vous mène à bonne fin ». Ces paroles de bonne croyante leur firent d'autant plus plaisir que la compagnie continuelle des catholiques leur pesait beaucoup.

L'absence des tisserands n'avait pas duré suffisamment pour être remarquée, sauf peut-être de Fabrissa. Vexée d'être délaissée, elle surveillait Julien sans en avoir l'air. Étienne l'avait prévu et en avait averti son *socius*, mais il avait haussé les épaules : selon Julien, qui n'avait pas toujours été aussi critique à son endroit, la fille Montreau était une pucelle totalement dépourvue d'intérêt.

— Elle est pourtant agréable à regarder, ironisa Étienne.

— Elle n'est pas la seule, rétorqua le jeune homme d'un ton qu'il voulait blasé.

— C'est vrai que d'autres sont plus abordables, persifla le tisserand.

Julien détourna la conversation en se lançant dans une apologie passionnée de l'architecture de la forteresse de Ricux. Il expliqua avec volubilité que c'était ainsi qu'il voyait son futur château : une cour carrée avec quatre tours d'angle rondes et un donjon au milieu qui permettrait de dominer la région alentour. Étienne le laissa rêver un moment, puis le ramena sur terre : que cela lui plaise ou non, il fallait qu'il soit aimable avec Fabrissa Montreau, sinon elle deviendrait dangereuse. Le jeune homme soupira, puis, résigné, il se composa un sourire et alla rejoindre la fille de l'orfèvre, qui l'obligea à se faire pardonner son abandon par un surcroît d'égards. Ce manège se déroula sous l'œil narquois de Fays. Jusque-là, la jeune fille avait été plutôt favorable à la prostituée, mais son air moqueur la vexa et elle lui en voulut.

Au monastère de Rieux, ils entendirent de nouveau parler de la relique volée. Les moines dépouillés de leur trésor avaient envoyé un enquêteur, frère Justin, choisi pour son habileté à faire avouer leurs turpitudes aux hérétiques. Ils lui avaient adjoint un homme du bayle à la carrure impressionnante et à l'air retors : le sergent d'armes Capestan. Il était évident qu'ils étaient déterminés à parvenir à un résultat. Leur piste menait aux jacquaires, qui avaient été les seuls à faire étape dans leur monastère le jour où la relique avait disparu. Malgré les conclusions des cisterciens précédemment dépêchés de Vignogoul, ils comptaient reprendre les investigations et ne pas lâcher un seul jacquaire tant qu'ils n'auraient pas obtenu satisfaction. Dans l'immédiat, leur intention était de les fouiller.

Il va sans dire qu'ils furent fraîchement accueillis par les pèlerins, mais rien ne put diminuer leur zèle. L'orfèvre et sa *lex peregrinorum* furent balayés de la main : il s'agissait d'un crime gravissime, lui fut-il répondu. Le refus de collaborer désignerait les mauvais chrétiens.

À bout d'arguments, Montreau geignit :

— Nous sommes pourtant d'honnêtes pèlerins. Nous ne demandons qu'à aller en paix à Compostelle pour prier saint Jacques.

— Si vous saviez, répondit frère Justin caustique, combien j'ai vu d'ignominies commises au nom de Compostelle !

L'orfèvre ne put que se taire et tendre sa besace et les fontes du bât. Le premier soin de Simon, dès qu'il avait appris l'existence des deux hommes, avait été d'ôter la relique de la paillasse de sa grand-mère. Avec André, il s'était rendu dans le verger des moines à la recherche d'une fourmilière, ce qui n'avait pas été difficile à trouver. Ils avaient creusé la base du tumulus et y avaient enfoui le trésor, persuadés que les vaillants insectes remettraient tout en ordre dans les meilleurs délais, les assurant de l'impunité. Bien leur en avait pris : les enquêteurs, qui avaient réuni les jacquaires dans la salle de l'hôpital, avaient tout fouillé – y compris la paillasse de Maria Belcaire, dont les cris d'indignation ressemblaient plus que jamais à ceux d'une corneille. Si les garçons redoutaient que ne soit découverte leur culpabilité de voleurs-receleurs, les deux cathares avaient tout aussi peur de voir dévoilés leur dissidence religieuse et leur état d'espion. Mais Étienne avait été aussi prudent qu'eux, et le sceau de Trencavel était en sécurité au pied d'une clématite qui prospérait aux abords de l'écurie. Les seuls à être contents étaient les mercenaires, car ils pensaient que c'était la meilleure chance de voir réapparaître la relique. Quand les limiers l'auraient retrouvée, ils se faisaient fort de la reprendre. Et alors, adieu la compagnie ! Ils quitteraient ces pèlerins de malheur et s'en iraient vers le nord pour la vendre au plus vite à des bénédictins.

Les limiers firent chou blanc. Les jacquaires crurent qu'ils s'en iraient, mais non : ils allaient se joindre à la caravane qu'ils ne quitteraient qu'en possession de leur trésor.

CHAPITRE XXXVII

Dès que les pèlerins se mirent en marche, les enquêteurs encadrèrent Vidian pour l'interroger. Le mercenaire les avertit que Salines et lui ne se quittaient jamais,
et qu'ils gagneraient du temps en les entendant ensemble,
mais le religieux répliqua que le temps ne leur manquait
pas et qu'ils préféraient les questionner à tour de rôle,
pour être bien sûr de ne rien négliger. Cela ne faisait pas
l'affaire de Vidian, qui avait une confiance limitée dans la
capacité de dissimulation de son complice. Comprenant
qu'il n'avait pas le choix, il n'insista pas pour éviter d'ag-
graver leur défiance. Les enquêteurs le soumirent à un feu
croisé de questions destiné à le déstabiliser : alors que
Capestan l'interrogeait sur ses faits d'armes, frère Justin
enchaînait avec une demande sur son pays d'origine ou
sur sa foi. Il était impossible de prévoir l'interrogation
suivante, et il fallait toujours être sur le qui-vive. Le
sergent d'armes affectait un ton bonhomme de soldat à
soldat, alors que les questions du moine blanc, un homme
sec à la parole coupante, frappaient à la manière de coups
de fouet. Malgré cela, Vidian s'en tira bien. Son manque
d'imagination le rendait capable de s'en tenir toujours à la

même histoire sans en varier le moindre détail. Ils finirent par le laisser pour s'attaquer à Salines.

Le deuxième mercenaire n'était pas aussi assuré. Bien que son complice lui eût seriné qu'ils ne risquaient rien, puisqu'ils n'étaient plus en possession de la relique, c'étaient eux qui l'avaient volée, et se savoir coupable le rendait inquiet. Tout occupé à ne pas se trahir, il écoutait à moitié ce qu'on lui demandait et répondait souvent à côté. À ce premier interrogatoire, les limiers n'obtinrent rien de concret, mais ils acquirent la certitude que le supérieur de Valmagne, qui leur avait fait le récit de ses interrogatoires, avait vu juste : ces hommes avaient quelque chose à cacher. Ils décidèrent de ne plus les lâcher : ils feraient semblant de leur céder un peu de lest, mais reviendraient à eux chaque fois qu'ils en auraient fini avec quelqu'un d'autre, jusqu'à ce qu'ils craquent. Les enquêteurs interrogèrent tout le monde, y compris l'aveugle et Maria Belcaire, dont ils ne négligeaient pas les capacités d'observation.

Comme tous les jours, les garçons se retrouvèrent à la pause de midi pour faire le point. Il ressortit de leurs rapports comparés que les limiers étaient convaincus de la culpabilité des mercenaires, car leurs questions portaient essentiellement sur eux. Les affaires des garçons allaient pour le mieux : la relique avait réintégré la paillasse, que personne, désormais, n'avait plus de raison de fouiller, et les mercenaires étaient trop occupés à sauver leur peau pour penser à les soupçonner. Avec les deux infirmes, l'enquête n'avait pas progressé : Feuillant leur avait fait subir un sermon sur la tyrannie de la chair à laquelle les deux soldats étaient soumis, stigmatisant leur impiété, leur veulerie et leur grossièreté de soudards. D'après ce qu'André fit comprendre à Simon, les enquêteurs l'avaient fui dès que possible et n'étaient pas prêts à le réinterroger.

Quant au muet, ils l'avaient totalement ignoré. C'était aussi satisfaisant du côté de Simon : sa grand-mère avait dit du mal de tout le monde, à sa manière compulsive et hargneuse, et, évidemment, elle ne leur avait strictement rien appris. D'après le garçon, ils allaient désormais l'éviter comme la peste. À lui, ils s'étaient contentés de dire :

— Et toi, petit, tu sais quelque chose ?

Il avait pris un air égaré, de manière à passer pour un idiot, ce que sa grand-mère avait obligeamment confirmé :

— Un simple d'esprit, cet enfant-là, une charge pour moi depuis que j'ai eu la bonté de le prendre à la mort de sa mère…

Les enquêteurs s'étaient prestement esquivés, arguant qu'ils avaient beaucoup de témoins à interroger. Simon en riait encore.

Les jacquaires furent à Caunes dès la fin de la matinée. La cité minervoise s'était nichée dans une boucle de l'Argent-Double dont les fortifications épousaient la sinuosité. Ils franchirent les fossés et les portes de la ville pour se diriger aussitôt vers l'abbaye bénédictine où ils allaient faire étape. Chaque époque avait apporté sa contribution aux bâtiments de l'église plusieurs fois séculaire. Ils admirèrent particulièrement les plus récentes, surtout la voûte à trois ogives, soutenue par des colonnes dont les chapiteaux représentaient le massacre des Innocents, l'Annonciation et la Nativité. Elle couvrait le porche abritant le portail, lui-même sculpté. L'église abbatiale était consacrée au culte de la Vierge, mais aussi à celui des martyrs de Caunes, auxquels les paroissiens en procession demandaient, selon les besoins, qu'ils fassent tomber la pluie ou qu'ils protègent les récoltes.

Pendant que ses compagnons se pâmaient, Julien serrait les dents pour contenir sa colère : il savait que ce monastère devait une partie de sa prospérité aux malheurs des adeptes de sa foi. Il s'était agrandi des biens confisqués à ceux que les catholiques appelaient des hérétiques, des terres que les moines avaient reçues des vainqueurs en échange de bassesses que le jeune *faidit* préférait ne pas imaginer.

Les enquêteurs voulaient que les jacquaires demeurent à leur disposition, à l'hôpital du monastère. Pour y parvenir, ils essayèrent la persuasion et l'intimidation, mais sans succès : les pèlerins n'avaient pas l'intention de se laisser priver du pèlerinage local à Notre-Dame-du-Cros, ni de la carrière de marbre, ni des gorges de la rivière.

Montreau, appuyé par ses compagnons, fut très ferme :

— Puisque vous nous avez fouillés et que vous n'avez rien découvert, c'est que vous vous êtes trompés. Laissez-nous en paix.

— Non, répondit sèchement le cistercien, le voleur est forcément quelqu'un de votre groupe. Soyez certains que nous le trouverons.

Son regard glacé passa lentement les pèlerins en revue. Ils eurent soudain l'impression qu'ils n'étaient pas aussi innocents qu'ils le croyaient. Sans un mot de plus, les enquêteurs leur tournèrent le dos, et il ne leur resta qu'à se mettre en route vers la chapelle de Notre-Dame-du-Cros.

Les jacquaires gravirent la montagne dans les fortes senteurs de garrigue, assourdis par les stridulations des cigales. Ils faisaient une pause à chacun des oratoires qui jalonnaient le chemin au-dessus de la chapelle. Fabrissa marchait aux côtés de Julien.

Elle lui glissa :

— Prions Notre-Dame qu'elle nous délivre de ces corbeaux soupçonneux : ils ont des têtes à trouver un saint coupable. Je me sentirai mieux quand ils nous auront quittés.

Julien ne pouvait qu'être d'accord avec elle : ces hommes étaient dangereux. Si en cherchant leur relique ils les démasquaient, ils les dénonceraient aux autorités. La découverte de la mission des envoyés de Trencavel serait catastrophique. Pas seulement pour eux-mêmes, mais pour la cause : les Français, avertis du projet du vicomte, auraient le temps de s'organiser et de s'y opposer. Tout serait compromis. Le jeune homme pensait à cela en faisant semblant de prier. Un regard échangé avec son *socius* lui prouva qu'il était aussi inquiet que lui. Le souvenir lui vint de la cour d'Aragon et de ses compagnons d'apprentissage. Il y pensait de moins en moins : ce qui avait été toute sa vie lui paraissait irréel et un peu futile. Depuis le début de sa mission, il avait vécu des événements tragiques et découvert la force de l'intolérance, une réalité qu'il ignorait auparavant mais qu'il ne pourrait plus jamais oublier. Il avait le sentiment d'être sorti brutalement de l'enfance. Pourtant, si quelqu'un lui avait dit, avant que cette aventure débute, qu'il n'était encore qu'un enfant, il lui en aurait demandé raison à la pointe de l'épée. Il savait à présent qu'il avait été candide, heureux et insouciant. Il ne le serait jamais plus, du moins de la même façon. Sa foi s'était renforcée d'avoir été en contact avec le catholicisme, qui était bien aussi pourri que les parfaits le lui avaient appris. Il avait également découvert la valeur de gens simples comme Étienne Lézat. D'abord, il avait tenu son *socius* pour un subalterne doublé d'un gêneur, maintenant, son compagnon lui inspirait des sentiments inattendus, qu'il aurait eu du mal à définir, mais qui l'attachaient à cet homme dont la mission primait tout, y compris les préceptes de sa religion. Un mouvement sur la droite le sortit de sa réflexion : c'était Fays, agenouillée à ses côtés. Ses pensées changèrent de cours : il se mit à élaborer des stratégies qui feraient tomber dans ses bras cette femme à laquelle il n'osait pas exprimer son désir.

Fabrissa sentit que Julien n'était plus à son écoute. Elle jeta un coup d'œil et s'enragea de voir que la fautive était Fays. Au début du pèlerinage, elle n'avait pas accordé un grand intérêt au jeune tisserand : fille d'un orfèvre renommé, elle pouvait prétendre à mieux. Mais il était le seul jeune homme de la caravane. En le côtoyant, elle s'était rendu compte qu'il se comportait en garçon éduqué dont la compagnie était agréable. Il avait suffi qu'une prostituée le regarde pour qu'il la délaisse! Fabrissa en était à la fois offensée et peinée. Elle ne savait plus si elle avait envie de se l'attacher ou de se venger. Le punir serait facile, car elle avait remarqué certaines maladresses dans l'exécution des exercices de dévotion et des ignorances à propos du culte qui ne manqueraient pas de lui causer des ennuis si les dominicains en prenaient connaissance. De plus, il y avait les disparitions inexpliquées. Fabrissa jouait avec l'idée de le dénoncer chaque fois qu'il la délaissait, sans pourtant se décider à passer à l'acte. Quant à la femme qui le détournait d'elle, le mieux serait de l'évincer du pèlerinage. Son père, si pieux, ne devrait pas être difficile à convaincre de la chasser. Peut-être, d'ailleurs, que Fays les quitterait d'elle-même : Carcassonne était une cité importante qui devait offrir des débouchés à quelqu'un de son espèce. Sur cette plaisante pensée, elle retourna à sa prière.

Les dévotions terminées, les jacquaires reprirent le chemin. Ils restèrent longtemps à admirer les carrières de marbre. La montagne éventrée révélait des couleurs de roches qu'ils n'avaient jamais vues auparavant : c'étaient des roses et des rouges en passant par toutes les nuances de l'incarnat au brun veiné de blanc, rehaussées de gris et de verts. Taillées et polies, ces roches faisaient des autels somptueux qui embellissaient les églises de Caunes et de la région. Des ouvriers cassaient la pierre, d'autres la transportaient, et ils durent s'effacer devant un charroi tiré par trois paires de bœufs qui, bien qu'unissant leurs efforts sous les cris et les coups de gaule du bouvier, avaient toutes les peines du monde à l'ébranler. Le sentier s'élevait au-dessus des carrières pour mener à l'aplomb des gorges du Cros. Les plus téméraires se penchèrent un peu pour le plaisir de se faire peur. Julien ne fut pas le dernier. Il obtint un cri d'effroi de Fabrissa alors qu'il voulait impressionner Fays, laquelle fit mine de n'avoir rien vu. Puis ils redescendirent jusqu'à la source miraculeuse, but de ce pèlerinage. Une statue de la Vierge avait été fixée dans une anfractuosité de la roche, et un petit oratoire, recouvert de marbre, invitait les pèlerins à la prière. Ils burent de l'eau bénite et demandèrent à Notre-Dame qui une guérison, qui une vengeance, qui la vie éternelle, puis réintégrèrent l'abbaye, où les limiers dépités n'avaient eu que les infirmes à se mettre sous la dent, ce qui avait davantage fait avancer leur mauvaise humeur que leurs recherches.

Les jacquaires furent soulagés d'apprendre qu'ils quitteraient Caunes dès le lendemain : ils avaient craint que les enquêteurs ne les y retiennent pour les interroger. Mais très vite ils regrettèrent que ce ne fût pas le cas : la rumeur se répandit qu'à Carcassonne ils seraient remis aux mains des inquisiteurs. Un vent de panique remonta le cortège dont tous les membres se posaient la même question : comment échapper à leurs griffes ? Car ils savaient tous, des hérétiques aux voleurs de reliques, en passant par les commerçants et les infirmes, que les bourreaux de la sainte Inquisition n'auraient aucune peine à leur faire avouer ce qu'ils voudraient. Ils ne virent rien du paysage qui s'étendait entre Caunes-Minervois et Carcassonne : aux vignes et aux cyprès, aux genêts et aux cistes, se superposaient des pals et des chevalets, des tenailles rougies au feu et des étaux, tandis que s'élevait, implorante et pathétique, l'antienne du pèlerinage :

Salva los pelegrins, san Jacz!

CHAPITRE XXXVIII

Il ne manquait pas un membre à la caravane des jacquaires lorsqu'ils arrivèrent en vue des remparts de Carcassonne. Outre les deux enquêteurs, dont c'était le mandat, tous les religieux y avaient veillé : les cisterciennes, parce que la relique dérobée l'avait été à un monastère de leur ordre, et les dominicains parce qu'ils espéraient éclaircir l'affaire des meurtres. Personne n'avait pu s'éloigner sans qu'un ange gardien lui colle aux talons.

Quand ils aperçurent la cité, les pèlerins marquèrent un temps d'arrêt. Sa double enceinte et ses nombreuses tours donnaient une impression de puissance formidable. Vaste, riche, grouillante d'artisans, de marchands et de soldats, elle était le siège du commandement de la sénéchaussée ainsi que de l'évêché. L'Inquisition y résidait et ses geôles avaient une sinistre renommée. Mais la première pensée de Julien ne fut pas pour son avenir immédiat, pourtant si précaire. Devant les tours de Carcassonne, il lui vint un fantasme de guerre et de gloire. Il vit des milliers d'hommes en armes, des machines de siège et la bannière de Trencavel flottant sur cette armée. Il vit tous les vassaux du vicomte, armés en guerre, venus soutenir leur suzerain pour que triomphe sa cause juste et pour que la vraie religion puisse se pratiquer librement. Et il se vit, lui, Julien Vigordan, sur le destrier de combat que sa mère lui avait promis, revêtu des armes de son père – des armes de brave qui feraient de lui un brave. Il voyait tout cela, entendait des sons de trompes, des hennissements de chevaux et des aboiements de chiens lorsqu'il atterrit dans le fossé, poussé par Étienne qui l'avait brutalement sorti du chemin où une chasse s'engageait au grand galop, fracassant son rêve de gloire. Julien cracha au fanion, qui lui était inconnu parce que français, et Étienne, apeuré, vérifia si quelqu'un avait remarqué ce geste inconsidéré. Heureusement, ce n'était pas le cas. Sévèrement tancé, Julien convint de sa sottise et promit de contrôler ses impulsions. Carcassonne n'était rien de plus que le cœur du pays conquis qu'il parcourait depuis des jours : il n'y avait rien de neuf, si ce n'étaient les énormes moyens dont disposaient leurs ennemis pour leur nuire. C'était uniquement à cela qu'il fallait penser.

Les jacquaires ne connaissaient pas Carcassonne, mais ils savaient que le relais des pèlerins, l'hôpital Saint-Jacques, était sur la rive de l'Aude, dans la ville basse, en dehors de l'enceinte fortifiée. Or, ce ne fut pas là qu'ils allèrent. Frère Justin les entraînait à l'intérieur de la cité. En chemin, il leur apprit qu'ils seraient logés dans la maison des cisterciens. Montreau ne dit rien, ni les autres, conscients de leur impuissance à lui résister. Les mercenaires, cependant, jetaient de fréquents coups d'œil à droite et à gauche. On les sentait prêts à brûler la politesse à la compagnie. Mais ils ne furent pas assez rapides : dès l'entrée dans la ville, le sergent d'armes s'était esquivé, ce qu'on ne remarqua qu'à son retour, lorsqu'il revint avec des gardes qu'il était allé chercher en renfort. Avant qu'ils aient pu faire quoi que ce soit, les mercenaires furent encadrés par les soldats. Précédés par les enquêteurs et les dominicains, furieux de s'être laissé piéger, ils furent conduits dans la maison forte qui servait de tribunal et de prison à la sainte Inquisition. Simon profita de ce qu'Étienne poussait le charreton de sa grand-mère pour les suivre. Quand le tisserand voulut passer le relais, il constata sa disparition. S'il ne voulait pas que le garçon se fasse rosser, il allait devoir obéir à la vieille, qui en profiterait pour le traiter en esclave. Avec un peu d'humeur, il pensa que Simon en prenait à son aise.

En pénétrant à l'intérieur de la cité, les deux hérétiques avaient eu l'impression que se perdre dans la foule sans laisser de traces ne poserait aucun problème tellement il y avait de gens et d'activité. Mais ce n'était pas aussi simple. Ils avaient dû déclarer leurs noms à l'entrée et, s'ils manquaient à l'appel, on le saurait tout de suite. Sans oublier qu'ils devaient se rendre à Toulouse et qu'il n'y avait pas des quantités de routes pour cela. Ils décidèrent d'attendre l'évolution des événements : les premiers interrogés seraient les mercenaires. S'ils avouaient le vol de la relique, les autres pèlerins seraient sans doute laissés en paix. Étienne était persuadé que ce vol, ils l'avaient vraiment commis, mais il était évident qu'ils n'avaient plus l'objet et qu'ils le recherchaient eux-mêmes. Qui avait bien pu le leur prendre ? Artigues, sans doute. À part lui, personne dans leur groupe ne lui paraissait capable de le faire. Mais alors, pourquoi étaient-ils restés dans la caravane, au lieu d'essayer de trouver la cachette d'Artigues à Quarante ou à Cesseras ? Il en parla à Julien. Lui non plus n'avait pas d'explication à proposer. Quant au fait de rester dans la caravane, il était d'accord, car il avait envie de découvrir la cité de Carcassonne, dont il rêvait depuis l'enfance. Il voulait aussi rester dans les parages de Fays dont le désir ne le quittait guère.

Simon vit entrer le groupe qu'il suivait sous une porte voûtée gardée par deux hommes d'armes. Il se faufila derrière eux. Dans la cour, on ne prit pas garde à un jeune garçon haillonneux. Néanmoins, il n'osa pas les suivre à l'intérieur. Il traîna dans la cour, où il y avait un va-et-vient de serviteurs chargés du bois qui provenait d'un appentis, de l'eau de la citerne ou de vivres du marché. Des religieux, également, allaient et venaient, des dominicains, selon toute apparence. Il s'approcha d'un soupirail muni de grilles et vit une cave où l'on n'accédait que par une trappe dans le plafond et dont la minuscule fenêtre était le seul moyen d'aération. Le sol était souillé d'excréments dont la puanteur montait jusqu'au soupirail. Les cinq ou six individus qui l'occupaient avaient les fers aux pieds. Hébétés, ils regardaient fixement devant eux. Ils sortirent un instant de leur abattement lorsqu'ils entendirent la trappe s'ouvrir. En constatant qu'on ne venait pas chercher l'un d'eux, mais leur ajouter des compagnons, ils replongèrent dans leur apathie. Un homme atterrit au milieu de la pièce, puis un deuxième : Vidian et Salines faisaient leur entrée au mur[*] de Carcassonne. Eux n'étaient pas résignés, et ils gueulèrent longtemps leur innocence sans pouvoir attirer les geôliers ni tirer un encouragement de leurs voisins de cellule. Simon en avait assez vu pour le moment. Il partit à la recherche de la maison des cisterciens.

---

[*] Michel Roquebert, *Histoire des cathares*, Perrin, 2002. Mur : «Prison, mur strict, au pain et à l'eau, les fers aux pieds, ou mur large, où l'on peut acheter de la nourriture, recevoir des visites, avoir parfois des permissions de sortie».

Étienne se retint de lui faire des reproches, mais il lui jeta un regard noir auquel le garçon répondit par une moue contrite qui désarma l'adulte. Le tisserand s'était promis de le laisser se débrouiller, mais il n'eut pas le cœur de s'y tenir. Il l'aida à installer sa grand-mère sur le parvis de la cathédrale. Elle se trouvait ainsi à proximité de l'aveugle, mais ils ne compagnonnèrent pas, au contraire des deux garçons qui s'en allèrent mendier de conserve par les ruelles de la cité. Simon conduisit André à la prison des mercenaires. Ceux-ci avaient cessé de crier et s'étaient affalés sur le sol fangeux. Ils ne s'aperçurent pas de la présence des garçons qui les épiaient.

Les deux jeunes mendiants marchèrent au hasard des rues où régnait une atmosphère de fête : le marché battait son plein. Ceux qui avaient quelque chose à vendre criaient leur boniment. Ils essayaient de surpasser le voisin en gouaille et en persuasion, ce qui provoquait une joyeuse cacophonie. Les acheteurs humaient, palpaient, hésitaient, passaient à l'étalage suivant, revenaient marchander, obtenaient un arrangement ou s'éloignaient. Sur les places, les bateleurs haranguaient un public toujours prêt à écouter une bonne histoire. Les détrousseurs étaient à leur affaire. De temps en temps, on entendait crier : « Au voleur ! », ce qui provoquait l'arrivée au petit trot de deux gardes qui survenaient toujours trop tard : une femme avait vu partir le voleur dans la venelle de droite, un homme dans celle de gauche ; selon certains, il avait un bonnet, à moins que ce ne fût un chapeau ; quelqu'un disait que le fuyard était un enfant, un autre qu'il s'agissait d'un nain. Les gardes faisaient ferrailler leurs armes, jetaient des regards féroces alentour et repartaient bredouilles vers un nouvel appel.

Perché sur une borne, un prêcheur, inspiré par la vue des deux garçons en tenue de jacquaires, entreprit le récit de l'histoire de saint Jacques. Ils restèrent à l'écouter dans le groupe qui s'était formé autour de lui. L'orateur raconta que Jacques le Majeur était l'un des compagnons les plus proches du Christ. Il avait débarqué au nord de l'Espagne pour évangéliser les païens, puis, après quelques années, il avait regagné la Judée où le roi Hérode le fit décapiter. Sa dépouille, mise dans un cercueil par ses disciples, fut embarquée dans une nef sans voile ni rame. L'embarcation traversa la Méditerranée, franchit les colonnes d'Hercule et aborda à l'endroit précis d'où saint Jacques était parti pour convertir les païens. Le corps, enseveli, resta en terre jusqu'à ce que l'ermite Pélage voie briller au-dessus d'un champ une étoile qui lui indiqua l'emplacement des restes de l'apôtre.

— C'est en ce lieu, où la relique de saint Jacques est conservée entière, précisa le prêcheur à un public impressionné que le corps de l'apôtre n'eût pas été dépecé comme celui de la plupart des saints, que des pèlerins de toute la chrétienté vont prier chaque jour.

Il désigna Simon et André.

— Les jeunes garçons que vous voyez là, avec la coquille de plomb sur leur chapeau, font le chemin de Compostelle. Regardez, ils sont pauvres, ils mendient leur nourriture. Donnez-leur une obole : ils prieront pour vous lorsqu'ils parviendront au tombeau du saint.

Les badauds furent généreux. Dispensés de demander la charité, les garçons eurent tout loisir de muser par les rues de la ville.

Pendant qu'Étienne accomplissait leur mission, Julien, sur les conseils de son *socius*, se consacrait à Fabrissa dont la suspicion jalouse l'inquiétait.

— Fais semblant d'être d'accord avec elle, lui avait-il dit, flatte-la, fais-lui ta cour et, surtout, ne regarde pas Fays en sa présence.

L'allusion à Fays avait fait rougir Julien. Pourtant, il ne contredit pas la voix du bon sens. Il invita la jeune fille à flâner par les ruelles de la cité. Fabrissa soupirait d'envie devant un marchand d'objets pieux, se penchait sur le travail d'un cordonnier, touchait des étoffes. Julien, qu'Étienne avait muni de quelques piécettes, put lui offrir des dragées. Amadouée par cette délicatesse, elle parut oublier ses préventions. Ils arrivèrent sur une place où leur attention fut attirée par les cacardements épouvantés d'une oie. Le volatile avait été attaché par les pattes à une corde tendue entre deux perches. Il battait des ailes et criait de terreur chaque fois qu'il était effleuré par le maladroit qui essayait à ce moment-là de lui attraper le cou. Le jeune homme en question revint penaud vers sa belle, qui l'attendait dans le cercle des spectateurs, lorsqu'il eut épuisé le nombre de tentatives auxquelles il avait droit. Elle ne lui cacha pas sa déception. S'il était parvenu à arracher le cou de l'oie, il aurait gagné la bête : elle regrettait le festin. Ils s'éloignèrent sous les quolibets. Fabrissa regarda interrogativement Julien. Visiblement, elle espérait qu'il concoure. Il hésita : son éducation ne l'avait pas mêlé aux vilains. Il n'avait jamais exercé son adresse devant un public populaire. Mais la jeune fille attendait, et leurs voisins, qui l'avaient compris, commençaient à le brocarder, insinuant qu'il se savait incapable de réussir et avait peur du ridicule. Alors, il se dit que les jeux d'adresse se valaient et que ce public était aussi bon qu'un autre.

Après avoir indiqué au propriétaire de l'oie qu'il tentait sa chance, il se mit en position. Il évalua la distance et la hauteur pendant que les paris s'engageaient. Puisqu'il avait décidé de jouer, il n'était pas question qu'il échoue. Il avait droit à trois essais. Il se donnait le premier pour prendre la mesure de l'effort à fournir et le second pour réussir. Il décida que le troisième serait inutile. Les pieds bien placés derrière la ligne, il se concentra, puis s'élança. Son calcul n'était pas mauvais : il toucha le bec de l'oie, qui n'eut pas le temps de le pincer. Il y eut dans la foule un « Oh » encourageant. Il se remit en place. Cette fois, il fallait réussir. Oubliés l'enjeu et le parterre : il avait relevé un défi et voulait en sortir vainqueur. Il lui fallait courir le même nombre de pieds que la première fois, mais s'élancer un peu plus haut. Sous les yeux de Fabrissa, qui trépignait d'excitation, il bondit. Il avait bien dosé son effort : l'oiseau ne criait plus, la trachée comprimée par la main du jeune homme. Suspendu dans les airs, accroché au cou de l'oie, Julien devait encore l'arracher. Mais ce n'était pas un problème : habitué à manier l'épée de son père, qui pesait presque autant que lui, il avait beaucoup de force dans les bras. Il se fit le plaisir de laisser le public retenir son souffle. Certains lui criaient des encouragements. Parmi eux, il reconnut la voix de Fabrissa. Alors, il fit un geste sec du poignet, les vertèbres craquèrent, il resta suspendu un moment encore, puis ce fut la peau qui se rompit et il se retrouva au-dessous de l'oie décapitée, la tête du volatile dans sa main. Il fit un saut de côté pour ne pas être éclaboussé de sang, puis leva son trophée qu'il montra aux badauds. Ils applaudirent son exploit. Le propriétaire de l'oie n'était pas content, mais il dut remettre le prix à son vainqueur, qui l'offrit à Fabrissa. La jeune fille, radieuse, prit l'oie par les pattes, et ils s'en retournèrent à la maison des cisterciens afin que la bête soit apprêtée pour

le souper. En chemin, les gens les arrêtaient et compli-
mentaient Julien. Il y avait longtemps qu'il n'avait pas été
aussi content.

— Pour un tisserand, il est bien adroit, observa Dulcie
fielleusement.

La remarque souffla le plaisir de Julien qui réalisa son
imprudence. Par chance, Simon entra avec une nouvelle
qui fit oublier tout le reste, et personne ne s'étonna plus
avant de cette habileté surprenante.

— Vidian et Salines sont au mur, dit-il : je les ai vus
par une ouverture.

À part sa grand-mère, qui lui reprocha de perdre son
temps au lieu d'aller mendier mais qui écouta de toutes ses
oreilles, ils lui firent répéter plusieurs fois dans les moindres
détails ce qu'il avait vu. Une discussion passionnée s'ensuivit. Les optimistes étaient rassurés, car ils soutenaient
que lorsque les mercenaires auraient avoué, on les laisserait repartir. Par contre, ceux qui voyaient les choses en
noir étaient persuadés qu'ils étaient perdus : les aveux des
deux hommes ne suffiraient pas aux inquisiteurs, qui les
questionneraient à leur tour. Et alors… Nul n'envisageait
qu'il n'y ait pas d'aveux : l'efficacité du tribunal ecclésiastique était connue.

L'oie rôtie ramena un peu de joie parmi les jacquaires,
qui avaient rarement l'occasion de manger aussi bien.
Ils chantèrent des cantiques et des chansons profanes,
Fabrissa rayonnante aux côtés de Julien. Elle n'eut pas à
s'agacer de la présence de Fays, qui n'avait point reparu.
La prostituée rentra après le couvre-feu, et Simon, qui
l'entendit, se demanda ce qu'elle avait fait au portier pour
qu'il accepte de la laisser passer.

CHAPITRE XXXIX

Les garçons suivirent Fays discrètement pour apprendre où elle officiait. Vu l'heure tardive de son retour de la veille, elle avait dû trouver place dans quelque taverne ou bordel de la ville. Elle commença par entrer dans la première église de rencontre. Ils en profitèrent pour mendier sur le parvis : ainsi, ils travaillaient en même temps qu'ils satisfaisaient leur curiosité. Ils avaient mis au point une sorte de personnage à deux corps, mi-aveugle, mi-muet. Simon prenait une voix si douce pour dire : « Dieu vous le rende, par saint Jacques et par la sainte Croix » et ils avaient tous deux un sourire tellement séraphique qu'ils faisaient recette. Ils sursautèrent au son d'une voix qui leur susurrait à l'oreille :

— Vous êtes des petits gredins.

C'était Fays qui venait de sortir de l'église. Avec un geste noble de grande dame et un clin d'œil de polissonne, elle mit une pièce dans leur escarcelle et leur donna un quignon de pain.

– Allez voir Vidian. Donnez-lui le pain et venez me raconter. Je serai à l'Auberge de la Couronne. Dites-lui que j'ai prié pour lui.

— Tu ne veux pas venir avec nous ?

— Non, je préfère ne pas me faire remarquer. Revenez dès que vous savez quelque chose. Si je ne suis pas dans la salle, attendez-moi devant la porte de l'écurie.

D'après ce qu'ils purent voir par le soupirail, les mercenaires n'avaient pas bougé depuis la veille. Simon fit un petit sifflement. Tout le monde leva la tête. Outre leurs anciens compagnons, il y avait cinq hommes. Leurs jambes et leurs bras portaient des traces de blessures qui avaient saigné, et leurs croûtes étaient purulentes. Autour des chevilles, les fers entretenaient des plaies vives. Les mains tendues vers eux dans un geste de supplication, ils lancèrent aux garçons des requêtes pleines d'espoir :

— Avertissez Marie, du hameau de Brouillas, qu'ils m'ont mis au mur de Carcassonne.

— Dites au Jean de Sauzens de me porter à manger.

— Allez voir pour moi…

— Faites dire à…

— Ayez pitié de nous !

— Donnez-nous à manger !

En sautillant, parce que leurs jambes entravées les auraient obligés à faire des pas minuscules, les mercenaires s'étaient approchés. Ils voulaient savoir ce que l'on disait sur eux, mais les garçons l'ignoraient : ni les dominicains, ni les enquêteurs n'avaient reparu parmi les jacquaires.

— Vous nous avez apporté à manger ? demanda Vidian.

Simon fit passer le pain à travers les barreaux. Ce fut la ruée. Malgré leur faiblesse et leurs douleurs, les prisonniers affamés s'élancèrent pour avoir une part de nourriture que les mercenaires défendirent à coups de poing. C'est à ce moment-là que la trappe s'ouvrit et que l'on appela Salines.

Il jeta un regard affolé aux garçons :

— Faites quelque chose ! Dites qu'on vienne à mon secours.

— Cet imbécile va avouer tout ce qu'ils veulent, grommela Vidian.

Il n'y avait plus rien à voir, et ils repartirent à l'Auberge de la Couronne avec pour mission de rapporter de la nourriture. Comme Fays n'était pas visible, ils s'assirent à la porte de l'écurie où ils jouèrent aux dés en l'attendant. Ils avaient bien envie d'entrer et de chercher la stalle où elle accommodait sa clientèle, mais ils craignaient de se faire repérer. Mieux vaudrait entrer quand elle ne serait pas là pour se mettre en poste avant qu'elle revienne.

Fays sortit de l'écurie à la suite d'un soudard qui retourna à l'auberge. Simon lui fit son rapport. La dernière phrase de Vidian à propos de Salines l'inquiéta :

— Pourvu qu'il ne me mêle pas à ses histoires ! Enfin, Vidian, je veux dire, parce qu'avec Salines je n'ai rien à voir. N'empêche que ça ne me met pas à l'abri : il est capable de dire n'importe quoi pour essayer de se tirer d'affaire.

Elle ajouta, comme pour elle-même :

— Il me faudrait des alliés…

Puis, s'adressant aux garçons :

— Revenez plus tard, je vous donnerai à manger pour eux.

Ils firent semblant de partir. Tandis que la prostituée réintégrait l'auberge, il se glissèrent dans l'écurie, à la recherche de la stalle qui abritait son commerce. Ils n'eurent aucun mal à repérer trois espaces vides dans le fond de la bâtisse : Fays n'était pas la seule à exercer là. Dans l'impossibilité de savoir auprès duquel se mettre en observation, ils se cachèrent derrière une charrette et ressortirent leurs dés en attendant.

La première qui vint était accompagnée d'un vieil homme qui boitait bas et s'appuyait sur une canne. Ils entrèrent dans la stalle la plus éloignée. Les deux espions ne voyaient pas, mais entendaient. La fille ne ménageait ni ses efforts ni ses encouragements, mais c'était laborieux. Elle n'avait encore obtenu aucun résultat lorsque sa compagne arriva escortée d'un ivrogne qui tenait à peine sur ses jambes. Là, ce fut bref. Elle prit plus de temps à le soulager de sa bourse que de son trop-plein d'affection. Les garçons savaient maintenant quelle stalle occupait Fays. Ils s'installèrent commodément pour bien voir et entendre.

Ils n'eurent pas longtemps à l'espérer : elle arriva en compagnie de… Montreau ! Ils échangèrent des regards aussi surpris qu'excités : ils avaient été loin de s'attendre à ça. Quel hypocrite, ce Montreau, avec ses affectations de piété ! Le spectacle promettait d'être plus instructif que croustillant, car l'orfèvre n'était pas venu jouir des charmes de Fays, mais lui demander de ne pas faire état de leurs précédentes rencontres si on venait à l'interroger. Les relations entre Montreau et la prostituée n'en étaient donc pas à leurs débuts. Et cela leur avait échappé ! Montreau voulut la prendre de haut, mais il dut vite changer de ton, car elle ne se laissait pas intimider. Il finit par la supplier de préserver sa réputation. En échange, elle exigea qu'il s'engage à la défendre si on lui cherchait noise. Il promit. Alors, elle se fit câline et le caressa. Il protesta un peu, mais elle insista. Il se laissa tenter et ils glissèrent sur la paille. Les garçons se poussaient du coude en étouffant leurs ricanements. Tout en se rajustant, Fays ne put s'empêcher de le narguer :

— D'aujourd'hui non plus, il ne faut pas parler aux inquisiteurs ?

Montreau, piqué, leva une main menaçante.

— Attention, l'avertit-elle moqueuse, je pourrais avoir envie de me venger. D'ailleurs, je ne serais pas surprise qu'il y ait eu des témoins.

— Des témoins, s'inquiéta l'orfèvre, comment ça, des témoins ?

Elle poussa la barrière de la stalle et Montreau put voir détaler les deux garçons, qu'il invectiva en brandissant le poing :

— Vauriens ! Fouineurs ! Attendez que je vous rattrape !

— Hep ! intervint la jeune femme, on n'oublie pas de payer avant de partir.

CHAPITRE XL

Salines n'était pas beau à voir. Il venait d'être ramené quand les garçons arrivèrent, et c'était au tour de Vidian de comparaître.

— J'ai du pain, dit Simon en le lui montrant.

Le mercenaire eut le plus grand mal à parvenir à la lucarne. Son torse était ensanglanté. Aussi bien la poitrine que le dos portaient les traces du fouet : les lanières ferrées avaient déchiré la peau et on voyait apparaître par endroits des faisceaux de muscles à vif. Son visage était creusé par la souffrance. Les yeux profondément cernés brillaient de fièvre. Les lèvres saignaient aussi : elles portaient la trace faite par ses dents lorsqu'il s'était mordu pour retenir l'aveu qui aurait mis fin à la torture. Il trouva un reste de volonté pour affirmer sur un ton bravache :

— Ils ne m'auront pas ! Je ne dirai rien.

Les garçons retournèrent à l'Auberge de la Couronne informer Fays des derniers développements, puis ils rejoignirent leurs infirmes respectifs.

Simon et André, qui jusque-là laissaient indifférents la plupart des jacquaires, prirent une place importante dans la petite communauté : tous voulaient savoir ce qu'il advenait des mercenaires, mais aucun n'aurait osé aller s'informer de peur de se compromettre. Les garçons, eux, ne risquaient rien : trop jeunes pour que l'Inquisition les interroge, il leur était facile de ne pas se faire remarquer : qui se serait soucié de jeunes mendiants passés maîtres dans l'art de se confondre avec les pierres des murs ? Après l'affaire de l'auberge, Montreau les avait considérés avec une suspicion inquiète, mais ils ne le trahirent pas, et il s'était tranquillisé. Pour bien s'assurer de leur silence, il leur donnait quelque obole, vite imité en cela par les riches pèlerins, car Simon ne fut pas long à signaler qu'il était difficile de mendier et d'espionner en même temps : si les jacquaires voulaient avoir des informations, il fallait qu'ils dispensent les jeunes mendiants d'avoir à gagner leur vie. En échange de quoi ils firent des aller-retour du siège de l'Inquisition à la maison des cisterciens, sans oublier l'Auberge de la Couronne, car Fays aussi payait bien. Elle continua d'envoyer de la nourriture aux mercenaires. Les autres jacquaires, par contre, ne donnaient rien pour les prisonniers : ils ne voulaient pas que l'on puisse établir le moindre lien avec eux, même pas celui de la charité.

À l'arrivée des garçons, après le premier interrogatoire de Vidian, les mercenaires se querellaient. Salines, que son compagnon accusait d'avoir avoué le vol de la relique, affirmait véhémentement qu'il n'en était rien. Ils étaient fort mal en point, mais ils mobilisaient le reste de leur énergie pour s'entredéchirer.

— Ordure ! Je te crèverai la peau !

— Pourquoi ? J'ai rien fait, moi !

— Tu as le culot de dire que tu n'as rien fait ! Mais je suis sûr du contraire. Ils me l'ont dit, ne mens pas.

— Et quels détails ils t'ont donnés pour le prouver?

La question le troubla. Il se souvint que l'homme en noir qui l'avait interrogé n'avait rien dit de précis. Il avait extrait une feuille d'un paquet qui était devant lui, avait fait signe d'approcher à l'un de ses assistants installé avec une plume à un pupitre et lui avait montré quelque chose. Ils avaient hoché la tête, le scribe était retourné à sa place et l'inquisiteur avait dit à Vidian, en agitant la feuille dans sa direction : *Nous savons que c'est vous deux qui avez volé la relique. Ton complice a tout dit. C'est écrit là-dessus. De quelle façon vous vous y êtes pris, à quel moment vous l'avez fait et où vous l'avez cachée ensuite. Tout y est.*

Salines avait raison : c'était vague, les inquisiteurs ne savaient rien.

Devant le silence de Vidian, son complice triompha :

— Tu vois bien! J'ai rien dit. Et toi?

— Moi, j'ai répété que je n'y étais pour rien.

— Que tu n'y étais pour rien! Alors, tu m'as accusé?

— Mais non! Je me suis contenté de dire que, si tu avais une faute à te reprocher, tu l'avais commise seul, parce que moi, je n'étais pas au courant.

— Bon, comme ça, je suppose que ça va.

— Cette chose dont ils vous accusent, vous l'avez faite ou pas? demanda un des hommes qui partageaient leur prison.

Les mercenaires retournèrent leur colère contre lui : ils le prièrent, en termes virulents, de se mêler de ses affaires.

— Ça va… Tout doux… Ce que j'en dis, c'est pour me désennuyer. Je suis ici depuis si longtemps qu'ils ont dû m'oublier. Alors, j'aime bien faire la conversation.

Vidian voulut se dissocier de ce malheureux compagnon de cellule :

— S'ils te gardent, c'est parce que tu es coupable, dit-il du ton de celui qui veut se convaincre lui-même. Nous, on ne l'est pas et on va bientôt sortir.

— N'y comptez pas! J'ai toujours dit que j'étais innocent, et je suis ici depuis plusieurs années.

— En tout cas, intervint un autre prisonnier, moi, j'y suis depuis Pâques, et lui, il est arrivé juste avant vous.

— C'est parce que j'étais dans le cachot voisin.

— Ou parce que tu es un espion qui est là pour nous faire parler. Il me semble que tu n'as pas beaucoup de traces de torture.

L'homme protesta que ses plaies étaient guéries, mais personne ne le crut. L'altercation avait sorti tous les prisonniers de leur apathie, et ils l'encerclèrent en grondant des menaces. Inquiet, il appela les gardes au secours. Quand il se nomma, ils vinrent le tirer de là. Les prisonniers y virent la preuve qu'il était bien le protégé des inquisiteurs.

— On l'a échappé belle, commenta Vidian.

Il avisa les garçons au soupirail. Ils étaient là depuis un bon moment, mais ce qui se passait les intéressait trop pour qu'ils risquent de l'interrompre en signalant leur présence. Il leur dit de lancer la nourriture. Fays avait été généreuse, et ils purent en donner à celui qui leur avait permis d'éviter le piège.

À la visite suivante, Vidian n'était pas là, et Salines sortait d'une deuxième séance d'interrogatoire. Dans un état pitoyable, il n'essaya même pas de se lever. Le seul geste qu'il esquissa fut de tendre les mains pour attraper le pain, mais ses bras disloqués ne lui obéissaient plus.

— Qu'est-ce qu'ils vous ont fait? demanda le garçon.

Pour toute réponse, il proféra une plainte.

— Ils lui ont attaché les bras derrière le dos et ils l'ont suspendu par les poignets, puis ils ont lâché la corde qu'ils ont retenue plusieurs fois d'un coup sec, ricana un des prisonniers. C'est bien ça?

Salines émit un vague grognement affirmatif.

C'était cela, en effet. Être suspendu par les bras attachés dans le dos faisait déjà très mal, mais quand ils avaient bloqué la corde qu'ils avaient lâchée, il avait senti les jointures de ses bras se déboîter et la douleur irradier dans ses épaules et son dos de manière insupportable. Il avait dû perdre connaissance, car il s'était retrouvé tout en haut, près de la poulie, sans s'être aperçu qu'on le hissait. Quand ils avaient été sûrs qu'il avait recouvré sa lucidité, ses bourreaux avaient encore lâché et bloqué le câble. À chaque nouveau coup, une douleur l'avait transpercé, terrible, affolante. Au bout d'un certain temps, il avait perdu le compte des remontées du câble et de ses évanouissements. Il entendait vaguement qu'on lui parlait, mais il était incapable de faire l'effort de comprendre. Enfermé dans sa souffrance, il n'était plus conscient de ce qui l'entourait : la douleur seule avait une réalité. Ils avaient dû s'en rendre compte, car ils avaient décidé d'arrêter et l'avaient reconduit au cachot.

— Il ne se servira plus jamais de ses bras, ajouta doctement le prisonnier. Vous feriez bien de m'envoyer le pain : je le lui ferai passer.

Simon glissa la main entre les barreaux et lança le quignon. Tous les occupants de la cellule essayèrent de se trouver dans la trajectoire, mais celui qui avait parlé l'attrapa et l'engloutit avec la célérité de quelqu'un qui n'a pas mangé à sa faim depuis longtemps.

— Mais… vous n'en donnez pas à Salines? s'indigna
Simon.

— Ici, répondit-il, c'est chacun pour soi.

Le mercenaire n'avait même pas protesté : il semblait
être tombé dans un état comateux.

CHAPITRE XLI

Les prisonniers avaient triomphé de la première séance de torture, ils étaient également sortis de la seconde sans rien dire, mais la troisième eut raison de leur obstination et de leur résistance : les tenailles rougies au feu leur firent avouer tout ce dont on les accusait. Pour les conditionner, leurs tortionnaires les avaient informés la veille de ce qu'ils leur feraient subir le lendemain. Lorsqu'on vint les chercher, ils étaient terrorisés. Leurs compagnons de cachot les avaient complaisamment mis au fait des détails du supplice, et ils savaient parfaitement à quoi s'attendre. La pensée qu'ils allaient encore subir des tortures les anéantissait. Ils partirent, hissés par les gardes, en se vantant qu'ils ne diraient rien, mais tout le monde savait qu'ils étaient vaincus.

Quand les garçons leur apprirent que les mercenaires n'avaient pas été reconduits dans leur cachot, il fut évident pour les pèlerins que l'Inquisition avait obtenu gain de cause. Elle les avait remis au bras séculier afin que la sentence soit prononcée et exécutée. Les deux garçons se rendirent à la prison royale, mais ils furent incapables de repérer la cellule où on les confinait. Ils ne rapportèrent que les ragots des gardes : on avait amené deux hommes salement amochés, coupables de plusieurs crimes. On allait les pendre. Les jacquaires étaient perplexes : les individus en question étaient-ils les mercenaires de leur caravane ? L'expression « plusieurs crimes » ne correspondait pas à leur cas, mais il n'y avait eu que ce transfert, et leurs anciens compagnons avaient disparu du mur. Venus plier bagage, les enquêteurs donnèrent la clé de l'énigme : dans la foulée, les mercenaires s'étaient accusés des meurtres imputés au loup-garou. D'après leurs aveux, Salvetat avait été tué parce qu'il avait malencontreusement vu la relique et Artigues parce qu'il l'avait dérobée. Quant à Flors, elle avait été victime de la jalousie de Vidian, qui l'avait confondue avec Fays.

Frère Justin et Capestan, satisfaits d'avoir obtenu l'information qu'ils recherchaient, quittaient Carcassonne sur l'heure pour se mettre à la recherche de la relique qu'Artigues avait dissimulée soit à Quarante, soit à Cesseras. Ils se proposaient de passer au peigne fin tous les lieux où l'on avait vu le pèlerin de métier jusqu'à la découverte de sa cachette. Les dominicains, pour leur part, étaient satisfaits d'avoir élucidé les meurtres : ils n'avaient jamais vraiment cru au loup-garou et préféraient une explication rationnelle. Après l'exécution, ils rejoindraient leur couvent de Fanjeaux l'âme en paix. Il ne restait qu'un scrupule* dans leur sandale : la procédure de béatification entreprise au sujet de Flors. Ils la jugeaient abusive, mais ils étaient conscients de l'impossibilité de modifier le cours des choses : l'abbé de Saint-Thibéry était agrippé à sa sainte et ne la lâcherait pas.

Les jacquaires furent avisés qu'ils étaient tenus de rester à Carcassonne deux jours de plus, jusqu'au dimanche, car

---

* Du latin *scrupulus*, petite pierre pointue.

la sentence serait annoncée après la messe, sur le parvis de la cathédrale. Ils ne doutaient pas qu'elle soit exemplaire, compte tenu de l'ampleur des crimes.

Les aveux des mercenaires provoquèrent les commentaires des pèlerins. Le vol de la relique ne les étonnait pas, mais pour les meurtres, certains étaient sceptiques. Fays, par exemple, ne croyait pas que Vidian ait voulu la tuer. Lui donner une raclée, sans doute, la tuer, non. Il avait toujours su qu'il ne devait pas compter sur son exclusivité et s'en accommodait sans difficulté. Qu'il l'ait mal pris ce jour-là, cela s'expliquait parce qu'il s'était cru ridiculisé, mais il ne serait pas allé jusqu'au meurtre, surtout qu'il n'avait pas bu. Et puisque les deux autres étaient morts de la même façon que Flors, pour la prostituée, il n'y avait pas de doute : ils avaient avoué des crimes qu'ils n'avaient pas commis. Ces arguments ne convainquirent pas ceux qui ne voulaient pas l'être. Ils préféraient croire que la Bête n'était pour rien dans leurs malheurs, car cela signifiait qu'eux-mêmes étaient désormais à l'abri : la malédiction n'existait pas.

Ce n'était évidemment pas l'avis de l'aveugle qui n'entendait pas se laisser déposséder de son sujet favori.

— Jacquaires crédules, fulmina-t-il, comment pouvez-vous imaginer que le Démon ait choisi ces hommes grossiers pour s'incarner ? Ils n'ont pas étranglé, griffé, déchiré, éventré : ils ne savaient que voler, boire et forniquer. Écoutez bien ce que je vous dis : la Bête est libre, on ne l'emprisonne pas.

Parce qu'il les avait pris par surprise, il eut le temps de commencer son sermon, mais il fut vite interrompu : tous étaient lassés de ses anathèmes et de ses prédictions incertaines. Il fut chahuté et tourné en dérision. Les sarcasmes le mirent hors de lui. Il agita son bâton, força sa voix, cria vers le ciel. Mais quand il hurla : «La Bête reviendra!», personne ne le crut.

CHAPITRE XLII

Si les jacquaires ne craignaient plus la Bête, il leur restait une inquiétude, et de taille : ils avaient peur qu'on vienne les chercher pour les interroger à leur tour. Ils ne savaient trop pour quelle raison, du moins, certains d'entre eux, si ce n'était d'avoir côtoyé des criminels. Toute la journée du vendredi et celle du samedi, ils attendirent une convocation qui ne vint pas, et se rendirent à la cathédrale pour la messe du dimanche à demi rassurés. L'office devait être suivi de l'énoncé de la sentence. Les garçons avaient eu beau fouiner, il leur avait été impossible de prendre contact avec les mercenaires. Ils avaient appris la localisation du cachot, mais il était inaccessible, perdu dans les caves de la prison royale où les condamnés avaient été transférés. Les pèlerins se pressèrent au premier rang des curieux pour bien voir leurs anciens compagnons.

Les autorités prirent place sur l'estrade destinée à les rendre visibles de tous. Il y avait l'évêque, revêtu de ses habits sacerdotaux et entouré de nombreux ecclésiastiques, parmi lesquels, en bonne place, les deux dominicains qui avaient accompagné la caravane des jacquaires, frère

Augustin et frère Louis. Le sénéchal et ses auxiliaires représentaient l'administration séculière. Attirés par les crieurs qui avaient annoncé dans les rues de la cité l'imminence d'un grand jugement, beaucoup de gens se pressaient au pied de l'estrade. On ne sentait dans la foule aucune sympathie pour les accusés : leurs crimes étaient connus et avaient alimenté les potins de taverne. Mais il n'y en avait pas non plus pour ceux qui les jugeaient, qu'ils soient civils, puisque c'étaient des Français et que la population était loin de les avoir acceptés, ou religieux, car ils étaient les complices de l'occupant. Des paris circulaient parmi les spectateurs : certains tenaient pour le bûcher à cause du vol des reliques, d'autres pour la corde en raison des meurtres.

Le gouverneur fit signe que l'on amène les accusés. Dans les rangs des jacquaires, il y eut un mouvement de surprise : ils avaient été tellement torturés qu'ils étaient à peine reconnaissables.

— Les monstres, ne put s'empêcher de dire Fays.

Julien lui serra le bras.

— Tais-toi, chuchota-t-il, on pourrait t'entendre.

Il revenait à l'évêque de parler en premier. Il prit son temps, avançant de quelques pas pour se détacher de ceux qui l'entouraient. C'était un homme de haute taille que sa mitre faisait paraître encore plus grand. Il accompagnait son discours de gestes amples, enflait sa voix, pointait un index menaçant vers les condamnés ou vers la foule que son sermon avait réduite au silence. Il désigna les loques affaissées à ses pieds et parla de l'esprit du Mal qui s'était emparé de leurs âmes. Oser toucher à la plus divine des saintes reliques, la dérober à la vénération des fidèles, dépouiller un monastère de son bien le plus précieux, se parer des attributs du pèlerin pour accomplir ce forfait, voilà qui méritait un châtiment exemplaire. Il parla de sens moral dévoyé, de péché contre les commandements de Dieu. «Tu ne tueras point», «Tu ne commettras point l'adultère» et «Tu ne déroberas point» avait ordonné Dieu à Moïse. Ces hommes avaient violé ces trois commandements : ils étaient mauvais. La justice avait le devoir de les empêcher de nuire davantage. Sur ces mots, il céda la parole au sénéchal, qui ne s'embarrassa ni de préliminaires ni de circonvolutions : il annonça qu'en raison de tous leurs crimes, le tribunal avait décidé que les mercenaires Vidian et Salines seraient pendus. Les intéressés n'eurent même pas un sursaut. La foule applaudit. Pour ne pas se faire remarquer, les jacquaires en firent autant, mais sans conviction. Fays ne put réprimer un juron. Julien vit que ses yeux étaient mouillés.

— Dans l'état où ils sont, lui dit-il, la mort va les soulager.

La sentence était applicable immédiatement. Les condamnés ne pouvaient plus se déplacer par eux-mêmes. Des gardes les chargèrent sur la charrette d'infamie pour les conduire au gibet. Il se dressait sur la rive de l'Aude, à l'entrée de la ville, pour montrer aux visiteurs qu'en cette cité on punissait ceux qui ne respectaient pas la loi. La foule suivit. Fays se faufila à proximité de la charrette, parla aux gardes, plaisanta avec eux. Julien, surpris de ce changement d'humeur, ne comprit que lorsqu'il vit un des hommes la laisser approcher d'assez près pour pouvoir parler à Vidian. Elle l'accompagna jusqu'au bout, puis resta au premier rang et le regarda sans ciller tout le temps que dura l'exécution. Le jeune homme n'aurait su dire si le mercenaire en éprouva du réconfort : de même que son compagnon, il avait le regard vide, comme s'il eût déjà été au-delà de la vie. La foule était déçue, car le spectacle manque de piquant lorsque l'on exécute des hommes presque morts.

Fabrissa regardait avec curiosité Fays qui assistait à la pendaison de Vidian. Elle se demandait quel effet cela faisait de voir mourir son amant. Fays était une prostituée, certes, et les hommes défilaient dans sa vie, mais Vidian devait y avoir occupé une place à part, car on voyait qu'elle souffrait de le voir mourir. Fabrissa eut un élan de compassion pour la jeune femme, vite neutralisé par un accès de jalousie : Julien était à ses côtés et la réconfortait.

Après la mort des deux hommes, quand la foule se fut un peu dispersée, Fays entraîna le jeune homme. Fabrissa, le visage crispé par le ressentiment, bouscula les gens pour se rapprocher d'eux dans le but évident de les suivre. Les garçons, qui avaient l'œil à tout, comprirent le danger. Ils encadrèrent Fabrissa, et Simon, volubile, lui dit qu'ils allaient lui montrer un animal extraordinaire. Malgré son refus, ils la retenaient et insistaient. Elle se débattit et parvint à se libérer, mais c'était trop tard : Fays et Julien avaient disparu. Puisqu'elle n'avait rien de mieux à faire, elle suivit les garçons.

Ils la conduisirent devant une échoppe où se tenait un montreur d'animaux savants. Les garçons n'avaient pas menti : perchée sur l'épaule de l'homme, retenue par une chaîne, grimaçait une bête inconnue. Le dresseur faisait le plein de badauds qui écoutaient son boniment. C'était un marin qui avait été prisonnier de pirates maures. La galère avait fait naufrage, et il était le seul à avoir survécu, avec ce qu'il appela un singe. Le petit animal faisait toutes sortes de facéties, et ils s'amusèrent longtemps à le voir imiter son maître avec des gestes dignes d'un humain.

Fays emmena Julien à l'Auberge de la Couronne, dans sa stalle du fond de l'écurie. Pendant le chemin, tandis qu'elle le tirait par la main avec une sorte de fureur, il n'osait croire que c'était cela qu'elle voulait. Éperdu de désarroi et de désir, il garda les bras ballants pendant qu'elle lui délaçait les chausses. Elle prit ses mains et les posa sur son corsage tandis qu'elle caressait son sexe libéré du vêtement. Il sortit de sa stupeur et essaya de la dévêtir à son tour, mais il n'y parvenait pas et elle suppléa à sa maladresse. Quand il eut dans ses paumes les seins dont il avait tant rêvé, que la semi-obscurité ne lui permettait pas de voir mais dont la forme et la couleur étaient gravées dans son esprit depuis le premier soir, quand il l'avait aperçue, dépoitraillée, dans les bras de Vidian, sur le plateau désertique, il ne put se contenir et jouit aussitôt entre leurs deux corps serrés.

— Enfant, dit-elle.

— Je suis un homme, répliqua-t-il rageusement.

Pour le prouver, il la coucha sur la paille, s'efforçant de reproduire les gestes qu'il avait vu accomplir à ses aînés et qui avaient si souvent alimenté ses fantasmes. Il mordilla les seins, caressa la taille, empoigna les fesses. Le désir revenait, faisait les gestes plus brusques.

— Doucement.

Les doigts de Julien parvinrent à la toison. Il faillit jouir de nouveau, mais parvint à se contrôler. Elle guida sa main, lui indiqua ce qu'il devait faire, avec des mots crus qui l'excitaient plus encore. Il écouta la leçon et l'appliqua docilement, passionnément. Puis elle guida son sexe bandé entre ses cuisses. Il sentit qu'il la pénétrait et faillit se laisser aller.

— Retiens-toi!

Fustigé par le ton impérieux, il obéit. Le tenant aux hanches, elle lui fit adopter un mouvement de va-et-vient de plus en plus rapide. Il se contint aussi longtemps qu'il le put, puis il s'emballa et finit par s'effondrer sur elle dans un long spasme de plaisir. Il resta là, épuisé, heureux, sans pensée, jusqu'à ce qu'elle le secoue.

— Pars maintenant.

Il voulut lui caresser le visage, avança la main dans la pénombre et rencontra une joue humide. Ne sachant que dire ni que faire, il s'en alla.

Quand Fabrissa vit revenir Julien, qui arborait un sourire béat et niais, elle eut plus que jamais envie de se venger. Mais son père avait été ferme : «Oublie ça et n'en parle à personne». Pourtant, quand elle lui avait fait part de la possible hérésie des tisserands, le visage du chef de la caravane avait exprimé sa réprobation, et elle avait espéré qu'il les dénoncerait lui-même. Puis il avait changé d'attitude en entendant le nom de Fays. Cela avait été une erreur de la mentionner : il avait dû croire qu'elle avait tout inventé par jalousie. Elle avait un peu insisté, avait reparlé du manque de religion des deux hommes et voulu appuyer ses déductions de preuves convaincantes. Mais il avait coupé court en se grattant des deux mains, signe chez lui de grande irritation, tant mentale que physique. C'était l'indice que, cette fois, il ne se laisserait pas manipuler : il se buterait et, si elle passait outre, les conséquences pourraient être graves pour elle. Il serait capable de la laisser dans quelque couvent, ce qu'elle ne voulait absolument pas. Voyager lui plaisait, voir des paysages et des gens inconnus, visiter des sanctuaires… Pour éviter le risque de perdre tout cela, elle allait s'efforcer d'oublier l'existence du jeune homme afin de ne plus en être contrariée. Toulouse n'était pas loin. Maintenant qu'ils étaient débarrassés des voleurs-meurtriers et de ceux qui les traquaient, plus rien ne les retarderait. Ils y seraient très vite. Là, ils s'agrégeraient à une nouvelle caravane, où elle pourrait se faire des amis autrement intéressants que ce goujat.

CHAPITRE XLIII

Au sortir de Carcassonne, la caravane s'était encore amenuisée. Les dominicains avaient béni les jacquaires avant de prendre la direction de Fanjeaux. Ils les avaient assurés que le temps des épreuves était fini et leur avaient souhaité un bon voyage. Mais il n'y avait aucune joie chez les marcheurs : trop d'événements tragiques les avaient accablés depuis Montpellier. L'époque du joyeux quatuor composé des mercenaires, du pèlerin de métier et de la prostituée était bien révolue. Fays marchait seule. Elle avait éconduit Julien et s'était repliée sur sa morosité. Dulcie Mallet, toujours en mal d'intrigues, avait proposé de remplacer André pour guider l'aveugle : elle ne supportait plus la présence de la prostituée parmi eux et voulait convaincre Feuillant de l'aider à la faire exclure du groupe. Il fallait aussi qu'elle s'occupe des tisserands, ces hérétiques camouflés. Elle les avait observés, depuis que le supérieur de Valmagne le lui avait suggéré, et avait depuis longtemps conçu des doutes sur leur orthodoxie. Depuis le matin, elle était sûre que ses soupçons étaient fondés : quand ils s'étaient arrêtés pour prier à un oratoire dressé au bord du sentier, le plus jeune avait oublié de faire le signe de la croix et son oncle l'avait poussé du coude. Julien s'était repris avec une mine confuse. Cela ne serait jamais arrivé à un bon catholique habitué au rite depuis l'enfance. Dommage que les dominicains les aient déjà quittés : ils auraient envoyé ces tricheurs au mur tout de suite. Mais ces derniers ne perdaient rien pour attendre : elle les dénoncerait dès leur arrivée à l'étape. D'ailleurs, elle l'avait fait comprendre à Lézat, pour l'ineffable plaisir de le voir se décomposer. Quand elle lui avait susurré, ironique : « Vous n'avez pas peur de faire une mauvaise fin avec tous ces signes de croix ? », il avait serré les dents si fort que ses mâchoires avaient blanchi. Même s'il avait feint de ne pas comprendre, cette réaction l'avait trahi. Dulcie était fière de sa perspicacité. Tout occupée à essayer de convaincre Feuillant d'accepter sa compagnie, elle ne s'aperçut pas que les tisserands, qui cheminaient juste devant eux, ralentissaient le pas, ce qui obligeait l'aveugle, l'enfant muet et elle-même à marcher moins vite. Ce faisant, ils les isolaient peu à peu du cortège.

Feuillant essayait de se dérober à la sollicitude de Dulcie sous prétexte que le garçon était habitué à s'occuper de lui et qu'elle ne pourrait pas s'y prendre aussi bien, mais elle l'assura qu'elle saurait se débrouiller. Alors, il argua qu'il profitait de la route pour s'occuper de l'éducation religieuse de son guide. Elle répliqua qu'une heure de moins ne changerait pas grand-chose. C'était imparable. Elle fut si tenace qu'il ne parvint pas à s'en débarrasser. À bout d'arguments, il céda. André, content de l'arrangement, s'en alla aider Simon, qui poussait le charreton de sa grand-mère. Fabrissa, boudeuse, marchait près de son père. Les quatre cavaliers précédaient la caravane, mais à portée de voix. Il n'était pas prudent de voyager en trop maigre compagnie, et ils étaient restés pour faire nombre.

— Quand les autres seront assez loin, dit Étienne à Julien, prends le bras de l'aveugle, je m'occupe d'elle.

Entre deux phrases sur l'immoralité de Fays et la honte de la tolérer dans un pèlerinage, Dulcie signalait à Feuillant les accidents de terrain. Au début, il la laissa dire, tout à la contrariété qu'elle lui ait imposé sa présence, mais elle sut distiller son fiel dans une oreille de plus en plus attentive. Bientôt, il s'y mit aussi. Il invectivait les femmes de mauvaise vie qui entraînent les hommes à l'adultère.

— On va attendre que les autres aient passé le virage, décida Étienne. Ils ne pourront plus nous voir.

Feuillant était déchaîné :

— La Bête la punira, prophétisait-il sur un ton exalté. Elle l'étranglera, lui déchirera la gorge, plantera ses griffes et ses dents dans le ventre qui a péché !

Il gesticulait, s'excitait de ses propres paroles. Dans son égarement, il avait lâché le bras de la pérégrine et marchait sur le sentier caillouteux avec autant d'assurance que s'il y voyait.

— Dieu veut qu'elle soit châtiée, et sa volonté sera accomplie !

Dulcie avait du mal à comprendre. La Bête, qui était l'incarnation du Démon, ne pouvait pas être l'envoyée de Dieu. Elle voulut le faire remarquer à son compagnon, mais il était trop emporté par sa diatribe pour se laisser interrompre :

— Je la punirai, cette pécheresse ! Je lacérerai son corps impur ! Dieu me l'a ordonné, je le ferai !

Dulcie commençait à avoir peur. Ces divagations de Feuillant, cette confusion entre la Bête et lui-même, qu'est-ce que cela signifiait ? Et les autres qui étaient si loin ! À part les tisserands, mais elle n'était pas sûre de pouvoir compter sur eux.

— Rejoignons la caravane, dit-elle.

Le prédicateur furieux ne l'entendit pas. L'écume aux lèvres, il menaçait d'invisibles pécheurs de la justice de Dieu et de son châtiment.

Et si elle le laissait pour aller rejoindre le groupe? Il délirait tellement qu'il ne s'apercevrait peut-être même pas de sa défection. De toute manière, depuis un moment, il marchait sans aide et s'en tirait fort bien. Elle s'était déjà éloignée de quelques pas quand elle fut empêchée de continuer par une vipère soudainement dressée au milieu du sentier. Sa tête triangulaire dardée vers eux, elle sifflait de colère.

Dulcie voulut signaler le danger à l'aveugle, mais avant qu'elle puisse lancer un avertissement, il désigna la vipère d'un doigt tremblant de rage et cria :

— C'est elle, la femme mauvaise! Elle a pris la forme du serpent pour me provoquer!

Et, d'un coup précis de son bourdon, il la tua.

Rendue muette par le saisissement, Dulcie vit que Feuillant avait ôté le bandeau de ses yeux et qu'il la regardait. Elle n'eut guère le temps de réfléchir, encore moins de se sauver : il lui enfonçait dans l'avant-bras ses doigts durs comme des serres :

— Pas un mot, dit-il, sinon…

Il lui fit quitter le sentier et l'entraîna hors de vue de la route. Elle se débattit, mais il était fort, et elle était vieille. Il déchira l'inutile bandeau. Avec l'un des morceaux, il la bâillonna, avec le deuxième, il lui lia les poignets dans le dos. Puis il la fit tomber. Tétanisée par l'épouvante, elle le vit fouiller sa besace. Il en sortit une peau de loup dont il se revêtit, une patte de loup griffue, qu'il enfila comme un gant, et une mâchoire de loup hérissée de crocs, qu'il empoigna de l'autre main.

Le loup-garou s'approcha de la vieille, la fixa de ses yeux noirs hallucinés, puis il hurla, la tête levée vers le ciel. Quand il se jeta sur elle, le cœur de Dulcie, miséricordieux, cessa de battre.

Alertés par le hurlement, les tisserands s'étaient retournés. Dulcie et Feuillant n'étaient plus visibles. Alors, ils firent demi-tour et se mirent à courir, le bâton levé, prêts à frapper. Quand les autres les rejoignirent, ils les trouvèrent figés, trop effrayés par le carnage qui se perpétrait sous leurs yeux pour songer à intervenir. La Bête était là. Elle leur tournait le dos, acharnée à lacérer Dulcie. Instinctivement, ils reculèrent. C'est alors qu'André, poussant des cris rauques et inarticulés, bouscula tout le monde, franchit l'espace vide et assena un violent coup de bourdon sur la tête de la Bête. Cette attaque du garçon muet libéra les autres de leur impuissance. Ils cognèrent à leur tour la Bête immonde, de toute la force de la rage et de la peur accumulées, jusqu'à ce que leurs bras, lassés de frapper, retombent d'eux-mêmes. André arracha la peau du loup. Le dos d'un corps d'homme apparut. Le garçon s'agrippa au bras du cadavre pour le retourner. Dulcie Mallet et Feuillant étaient maintenant allongés côte à côte. La femme était égorgée et déchiquetée, pareillement aux précédentes victimes, mais elle avait en plus, autour de la bouche, en guise de bâillon, le bandeau du faux aveugle. Il était mort lui aussi. Sa vue pétrifia les pèlerins, à l'exception d'André, qui continua de le frapper avec une joie atroce. Quelqu'un voulut le retenir, mais il montra Feuillant et sa propre langue coupée, fit le signe de la trancher, désigna encore le cadavre et refit sa mimique jusqu'à ce que les jacquaires comprennent que c'était Feuillant qui l'avait mutilé. Terrassés par cette ultime révélation, ils le laissèrent s'acharner jusqu'à l'épuisement.

ÉPILOGUE

Les jacquaires quittaient Toulouse. Ils s'étaient intégrés à une caravane en partance pour Compostelle. Du groupe constitué à Montpellier, il ne restait pas grand monde : Montreau, l'orfèvre, et sa fille, Cadéac, le marchand, Ténarès, le meunier, Manciet, le maréchal-ferrant, Gabas, le banquier et les deux cisterciennes. Ils faisaient la connaissance de leurs nouveaux compagnons. L'orfèvre s'entretenait avec le chef de la caravane, un homme autoritaire qui menait sa troupe depuis Saint-Guilhèm-le-Désert ; Fabrissa, rougissante, se détournait chaque fois qu'elle croisait le regard enjôleur d'un jeune sabotier ; les religieuses égrenaient leur chapelet avec deux consœurs. Les quatre cavaliers, quant à eux, étaient partis devant pour les attendre à l'étape.

Outre les morts, quelques vivants manquaient à l'appel : Fays, qui s'était fondue dans la cité toulousaine dès l'arrivée et n'avait point reparu, les tisserands, dont rien n'avait laissé présager la désaffection, Maria Belcaire, qui n'avait plus ni son petit-fils ni Lézat pour pousser le charreton, et attendait, à la maison des hôtes, qu'un pèlerin charitable accepte de la prendre en charge. Car

Simon avait disparu, en même temps qu'André d'ailleurs. Ces deux-là avaient fait l'objet de recherches de la part de Montreau, qui aurait voulu prendre le muet sous sa protection jusqu'à Compostelle, mais on ne les avait pas revus depuis l'entrée dans Toulouse. Qu'étaient-ils devenus ? Peut-être étaient-ils tombés au pouvoir de quelque ribaud qui les obligeait à mendier pour lui ?

Nul n'aurait pu imaginer qu'ils étaient loin déjà. Ils demandaient l'aumône sur un chemin qui allait vers le nord, vers des abbayes assez éloignées de Vignogoul pour acquérir un fragment de la Vraie Croix.

NOTICE HISTORIQUE

À la fin du mois d'août 1240, Raimond Trencavel, vicomte banni d'Albi, de Béziers et de Carcassonne, franchit les Pyrénées dans le but de reconquérir ses terres. Il est aussitôt rejoint par ses anciens vassaux hostiles à la France. Beaucoup d'entre eux sont acquis à l'hérésie cathare. Trencavel rallie les seigneurs des Corbières, de la vallée de l'Aude et du Razès, du Cabardès et du Minervois, et aussi nombre de *faidits* qui descendent de leurs repaires montagnards. Au début de septembre, le vicomte est à la tête d'une armée assez importante pour assiéger Carcassonne, où le sénéchal s'est enfermé. Le comte de Toulouse, Raimond VII, de retour de ses terres provençales, se trouve dans les parages de la cité menacée lorsque Trencavel s'en approche. Le sénéchal lui demande son aide contre le vicomte révolté, une aide que le comte lui doit en vertu du traité de Meaux-Paris. Raimond VII se dérobe : il lui répond qu'il doit d'abord aller à Toulouse prendre conseil et ne reparaît qu'à la fin du conflit.

L'armée du vicomte encercle Carcassonne. Le siège dure trente-quatre jours, mais il doit être levé à l'approche de l'armée de secours envoyée par le roi de France.

Trencavel se replie sur Montréal, où il est assiégé à son tour. Il faut l'intercession du comte de Toulouse et du comte de Foix pour lui obtenir la vie sauve et le droit de repartir avec armes et bagages. Il rejoint la Catalogne pour un exil définitif.